RUBEM
FONSECA
1965   A COLEIRA DO CÃO

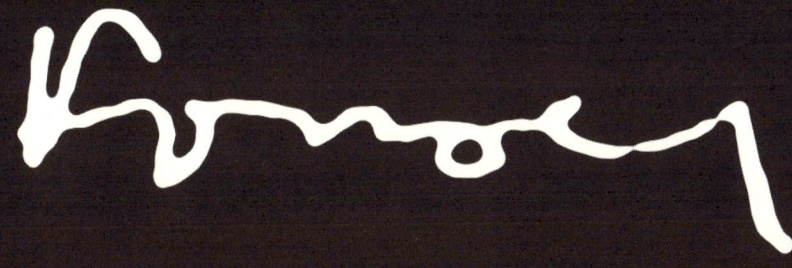

A COLEIRA DO CÃO
Rubem Fonseca

Copyright © 1965 Rubem Fonseca
Todos os direitos reservados e protegidos pela Lei 9.610 de 19.02.1998

Direitos de edição da obra em língua portuguesa no Brasil adquiridos pela Editora Nova Fronteira Participações S.A. Todos os direitos reservados. Nenhuma parte desta obra pode ser apropriada e estocada em sistema de banco de dados ou processo similar, em qualquer forma ou meio, seja eletrônico, de fotocópia, gravação etc., sem a permissão do detentor do copirraite.

Editora Nova Fronteira Participações S.A.
Rua Candelária, 60 — 7º andar — Centro — 20091-020
Rio de Janeiro — RJ — Brasil
Tel.: (21) 3882-8200 — Fax: (21) 3882-8212/8313

Não foram medidos esforços para localização dos titulares dos direitos usados nesta obra. Eventuais direitos não obtidos encontram-se devidamente reservados.
Texto revisto pelo Novo Acordo Ortográfico

Texto estabelecido segundo o Acordo Ortográfico da Língua Portuguesa de 1990, em vigor no Brasil desde 2009.

CIP-BRASIL. CATALOGAÇÃO NA FONTE
SINDICATO NACIONAL DOS EDITORES DE LIVROS, RJ.

F747c
6.ed.

Fonseca, Rubem, 1925-
A coleira do cão / Rubem Fonseca. - 6.ed. - Rio de Janeiro : Nova Fronteira, 2013.

ISBN 978-85-209-3502-6

1. Conto brasileiro. I. Título.

09-6378

CDD 869.93
CDU 821.134.3(81)-3

Já quebrei meus grilhões, dirás talvez. Também o cão, com grande esforço arranca-se da cadeia e foge. Mas, preso à coleira, vai arrastando um bom pedaço da corrente.

Pérsio, *Sat. v*, 158

SUMÁRIO

09 | A força humana
37 | O gravador
63 | Relatório de Carlos
111 | A opção
123 | O grande e o pequeno
149 | Madona
179 | Os graus
193 | A coleira do cão

245 | Brilho renovado (*Sérgio Augusto*)
253 | O autor

A FORÇA HUMANA

Eu queria seguir em frente mas não podia. Ficava parado no meio daquele monte de crioulos — uns balançando o pé, ou a cabeça, outros mexendo os braços; mas alguns, como eu, duros como um pau, fingindo que não estavam ali, disfarçando que olhavam um disco na vitrina, envergonhados. É engraçado, um sujeito como eu sentir vergonha de ficar ouvindo música na porta da loja de discos. Se tocam alto é pras pessoas ouvirem; e se não gostassem da gente ficar ali ouvindo era só desligar e pronto: todo mundo desguiava logo. Além disso, só tocam música legal, daquelas que você *tem* que ficar ouvindo e que faz mulher boa andar diferente, como cavalo do exército na frente da banda.

A questão é que passei a ir lá todos os dias. Às vezes eu estava na janela da academia do João, no intervalo de um exercício, e lá de cima via o montinho na porta da loja e não aguentava — me vestia correndo, enquanto o João perguntava, "aonde é que você vai, rapaz? você ainda não terminou o agachamento", e ia direto para lá. O João ficava maluco com esse troço, pois tinha cismado que ia me preparar para o concurso do melhor físico do ano e queria que eu malhasse quatro horas por dia e eu parava no meio e ia para a calçada ouvir música. "Você está maluco", dizia, "assim não é possível, eu acabo me enchendo com você, está pensando que eu sou palhaço?"

Ele tinha razão, fui pensando nesse dia, reparte comigo a comida que recebe de casa, me dá vitaminas que a mulher que é enfermeira arranja, aumentou meu ordenado de auxiliar de instrutor de alunos só para que eu não vendesse mais sangue e pudesse me dedicar aos exercícios, puxa!, quanta coisa, e eu não reconhecia e ainda mentia para ele; podia dizer para ele não me dar mais dinheiro, dizer a verdade, que a Leninha dava para mim tudo que eu queria, que eu podia até comer em restaurante, se quisesse, era só dizer para ela: quero mais.

De longe vi logo que tinha mais gente que de costume na porta da loja. Gente diferente da que ia lá; algumas mulheres. Tocava um samba de balanço infernal — tum schtictum tum: os dois alto-falantes grandes na porta estavam de lascar, enchiam a praça de música. Então eu vi, no asfalto, sem dar a menor bola para os carros que passavam perto, esse crioulo dançando. Pensei: outro maluco, pois a cidade está cada vez mais cheia de maluco, de maluco e de viado. Mas ninguém ria. O crioulo estava de sapato marrom todo cambaio, uma calça mal-ajambrada, rota no rabo, camisa branca de manga comprida suja e suava pra burro. Mas ninguém ria. Ele fazia piruetas, misturava passo de balé com samba de gafieira, mas ninguém ria. Ninguém ria porque o cara dançava o fino e parecia que dançava num palco, ou num filme, um ritmo danado, eu nunca tinha visto um negócio daqueles. Nem eu nem ninguém, pois os outros também olhavam para ele embasbacados. Pensei: isso é coisa de maluco mas maluco não dança desse jeito, para dançar desse jeito o sujeito tem que ter boas pernas e bom molejo, mas é preciso também ter boa cabeça. Ele dançou três músicas do long-play que estava tocando e quando parou todo mundo começou a falar um com o outro, coisa que nunca acontece na porta da loja, pois as pessoas ficam lá ouvindo música caladas. Então o crioulo apanhou uma cuia que estava no chão perto da árvore e a turma foi colocando notas na cuia que ficou logo cheia. Ah, estava explicado, pensei, o Rio estava ficando diferente. Antigamente você via um ou outro ceguinho tocando um troço qualquer, às vezes acordeão, outras violão, tinha até um que tocava pandeiro acompanhado de rádio de pilha — mas dançarino era a primeira vez que eu via. Já vi também uma orquestra de três paus de arara castigando cocos e baiões e o garoto tocando o "Tico-tico no fubá" nas garrafas cheias d'água. Já vi. Mas dançarino! Botei duzentas pratas na cuia. Ele colocou a cuia cheia de dinheiro perto da árvore, no chão, tranquilo e seguro de que ninguém ia mexer na gaita, e voltou a dançar.

Era alto; no meio da dança, sem parar de dançar, arregaçou as mangas da camisa, um gesto até bonito, parecia bossa ensaiada, mas acho que ele estava era com calor, e apareceram dois braços muito musculosos que a camisa larga escondia. Esse cara é definição pura, pensei. E isso não foi palpite, pois basta olhar para qualquer sujeito vestido que chega na academia pela primeira vez para dizer que tipo de peitoral tem ou qual o abdômen, se a musculatura dá para inchar ou para definir. Nunca erro.

Começou a tocar uma música chata, dessas de cantor de voz fina e o crioulo parou de dançar, voltou para a calçada, tirou um lenço imundo do bolso e limpou o suor do rosto. O grosso debandou, só ficaram mesmo os que sempre ficam para ouvir música, com ou sem show. Cheguei perto do crioulo e disse que ele tinha dançado o fino. Riu. Conversa vai conversa vem ele explicou que nunca tinha feito aquilo antes. "Quer dizer, fiz uma outra vez. Um dia passei aqui e me deu uma coisa, quando vi estava dançando no asfalto. Dancei uma música só, mas um cara embolou uma notinha e jogou no meu pé. Era um cabral. Hoje vim de cuia. Sabe como é, estou duro que nem, que nem —" "Poste", disse eu. Ele olhou para mim, da maneira que tinha de olhar sem a gente saber o que ele estava pensando. Será que pensava que eu estava gozando ele? Tem poste branco também, ou não tem?, pensei. Deixei passar. Perguntei, "você faz ginástica?". "Que ginástica, meu chapa?" "Você tem o físico de quem faz ginástica." Deu uma risada mostrando uns dentes branquíssimos e fortes e sua cara que era bonita ficou feroz como a de um gorila grande. Sujeito estranho. "Você faz?", perguntou ele. "O quê?" "Ginástica", e me olhou de alto a baixo, sem me dar nenhuma palavra, mas eu também não estava interessado no que ele estava pensando; o que os outros pensam da gente não interessa, só interessa o que a gente pensa da gente; por exemplo, se eu pensar que eu sou um merda, eu sou mesmo, mas se alguém pensar isso de mim o que que tem?, eu não preciso de ninguém, deixa o cara pensar, na hora de pegar para capar é que eu quero ver. "Faço peso", disse. "Peso?" "Halterofilismo." "Ah, ah!", riu de novo, um gorila perfeito. Me lembrei do Humberto de quem diziam que tinha a força de dois gorilas e quase a mesma inteligência. Qual seria a força do crioulo? "Como é o seu nome?", perguntei, dizendo antes o meu. "Vaterlu, se escreve com dábliu e dois ós." "Olha, Waterloo, você quer ir até à academia onde eu faço ginástica?" Ele olhou um pouco para o chão, depois pegou a cuia e disse "vamos". Não perguntou nada, fomos andando, enquanto ele punha o dinheiro no bolso, todo embolado, sem olhar para as notas.

Quando chegamos na academia, João estava debaixo da barra com o Corcundinha. "João, esse é o Waterloo", eu disse, João me olhou atravessado, dizendo "quero falar contigo", e foi andando para o vestiário. Fui atrás. "Assim não é possível, assim não é possível", disse o João. Pela cara dele vi que estava piçudo comigo. "Você parece que não entende", continuou João, "tudo que eu estou fazendo é para o teu bem, se fizer o que eu digo papa esse campeonato com uma perna nas costas e depois está feito. Como é que você pensa que eu cheguei ao ponto em que eu cheguei? Foi sendo o melhor físico do ano. Mas tive que fazer força, não foi parando a série no meio não, foi malhando de manhã e de tarde, dando duro, mas hoje tenho academia, tenho automóvel, tenho duzentos alunos, tenho o meu nome feito, estou comprando apartamento. E agora eu quero te ajudar e você não ajuda. É de amargar. O que eu ganho com isso? Um aluno da minha academia ganhar o campeonato? Tenho o Humberto, não tenho? O Gomalina, não tenho? O Fausto, o Donzela — mas escolho você entre todos esses e essa é a paga que você me dá." "Você tem razão", disse enquanto tirava a roupa e colocava a minha sunga. Ele continuou: "Se você tivesse a força de vontade do Corcundinha! Cinquenta e três anos de idade! Quando chegou aqui, há seis meses, você sabe disso, estava com uma doença horrível que comia os músculos das costas dele e deixava a espinha sem apoio, o corpo cada vez caindo mais para os lados, chegava a dar medo. Disse para mim que estava ficando cada vez menor e mais torto, que os médicos não sabiam porra nenhuma, nem injeções nem massagens estavam dando jeito nele; teve nego aqui que ficou de boca aberta olhando para o seu peito pontudo feito chapéu de almirante, a corcunda saliente, todo torcido para a frente, para o lado, fazendo caretas, dava até vontade de vomitar só de olhar. Falei pro Corcundinha, te ponho bom, mas tem que fazer tudo que eu mandar, tudo, tudo, não vou fazer um Steve Reeves de você, mas daqui a seis meses será outro homem. Olha ele agora. Fiz um milagre? *Ele* fez o milagre, castigando, sofrendo, penando, suando: não há limite para a força humana!".

Deixei o João gritar essa história toda pra ver se sua chateação comigo passava. Disse, pra deixar ele de bom humor, "teu peitoral está bárbaro". João abriu os dois braços e fez os peitorais saltarem, duas massas enormes, cada peito devia pesar dez quilos; mas ele não era o mesmo das fotografias espalhadas pela parede. Ainda de braços abertos, João caminhou para o espelho grande da parede e ficou olhando lateralmente seu corpo. "É esse supino que eu quero que você faça; em três fases: sentado, deitado de cabeça para baixo na prancha e deitado no banco; no banco eu faço de três maneiras, vem ver." Deitou-se no banco com a cara sob o peso apoiado no cavalete. "Assim, fechado, as mãos quase juntas; depois, uma abertura média; e, finalmente, as mãos bem abertas nos extremos da barra. Viu como é? Já botei na tua ficha nova. Você vai ver o teu peitoral dentro de um mês", e dizendo isso me deu um soco forte no peito.

"Quem é esse crioulo?", perguntou João olhando Waterloo, que sentado num banco batucava calmamente. "Esse é o Waterloo", respondi, "trouxe para fazer uns exercícios, mas ele não pode pagar." "E você acha que eu vou dar aula de graça para qualquer vagabundo que aparece por aqui?" "Ele tem base, João, a modelagem deve ser uma sopa." João fez uma careta de desprezo: "O que, o quê?, esse cara!, ah: manda embora, manda embora, você tá maluco". "Mas você ainda não viu, João, a roupa dele não ajuda." "Você viu?" "Vi", menti, "vou arranjar uma sunga para ele."

Dei a sunga para o crioulo, dizendo: "Veste isso, lá dentro".

Eu ainda não tinha visto o crioulo sem roupa, mas fazia fé: a postura dele só seria possível com uma musculatura firme. Mas fiquei preocupado; e se ele só tivesse esqueleto? O esqueleto é importante, é a base de tudo, mas tirar um esqueleto do zero é duro como o diabo, exige tempo, comida, proteína e o João não ia querer trabalhar em cima de osso.

Waterloo de sunga saiu do vestiário. Veio andando normalmente: ainda não conhecia os truques dos veteranos, não sabia que mesmo numa aparente posição de repouso é possível retesar toda a musculatura, mas isso é um troço difícil de fazer, como por exemplo definir a asa e os tríceps ao mesmo tempo, e ainda simultaneamente os costureiros e os retoabdominais, e os bíceps e o trapézio, e tudo harmoniosamente, sem parecer que o cara está tendo um ataque epilético. Ele não sabia fazer isso, nem podia, é coisa de mestre, mas no entanto, vou dizer, aquele crioulo tinha o desenvolvimento muscular cru mais perfeito que já vi na minha vida. Até o Corcundinha parou seu exercício e veio ver. Sob a pele fina de um negro profundo e brilhante, diferente do preto fosco de certos crioulos, seus músculos se distribuíam e se ligavam, dos pés à cabeça, num crochê perfeito.

"Te dependura aqui na barra", disse o João. "Aqui?", perguntou Waterloo, já debaixo da barra. "É. Quando a tua testa chegar na altura da barra, para." Waterloo começou a suspender o corpo, mas no meio do caminho riu e pulou para o chão. "Não quero palhaçada aqui não, isso é coisa séria", disse João, "vamos novamente."

Waterloo subiu e parou como o João tinha mandado. João ficou olhando. "Agora, lentamente, leva o queixo acima da barra. Lentamente. Agora desce, lentamente. Agora volta à posição inicial e para." João examinou o corpo de Waterloo. "Agora, sem mexer o tronco, levanta as duas pernas, retas e juntas." E o crioulo começou a levantar as pernas, devagar, e com facilidade, e a musculatura do seu corpo parecia uma orquestra afinada, os músculos funcionando em conjunto, uma coisa bonita e poderosa. João devia estar impressionado, pois começou também a contrair os próprios músculos e então notei que eu e o próprio Corcundinha fazíamos o mesmo, como a cantar em coro uma música irresistível; e João disse, com voz amiga que não usava para aluno nenhum, "pode descer", e o crioulo desceu e João continuou, "você já fez ginástica?" e Waterloo respondeu negativamente e João arrematou "é não fez mesmo não, eu sei que não fez; olha, vou contar para vocês, isso acontece uma vez em cem milhões; que cem milhões, um bilhão! Que idade você tem?". "Vinte anos", disse Waterloo. "Posso fazer você famoso, você quer ficar famoso?", perguntou João. "Pra quê?", perguntou Waterloo, realmente interessado em saber para quê. "Pra quê? Pra quê? Você é gozado, que pergunta mais besta", disse João. Para que, eu fiquei pensando, é mesmo, para quê? Para os outros verem a gente na rua e dizerem lá vai o famoso fulaneco? "Para que, João?", perguntei. João me olhou como se eu tivesse xingado a mãe dele. "Ué, você também, que coisa! O que vocês têm na cabeça, hein? Ahn?" O João de vez em quando perdia a paciência. Acho que estava com uma vontade doida de ver um aluno ganhar o campeonato. "O senhor não explicou pra quê", disse Waterloo respeitosamente. "Então explico. Em primeiro lugar, para não andar esfarrapado como um mendigo, e tomar banho quando quiser, e comer — peru, morango, você já comeu morango? —, e ter um lugar confortável para morar, e ter mulher, não uma nega fedorenta, uma loura, muitas mulheres andando atrás de você, brigando para ter você, entendeu? Vocês nem sabem o que é isso, vocês são uns bundas-sujas mesmo." Waterloo olhou para João, mais surpreso que qualquer outra coisa, mas eu fiquei com raiva; me deu vontade de sair na mão com ele ali mesmo, não por causa do que havia dito de mim, eu quero que ele se foda, mas por estar sacaneando o crioulo; cheguei até a imaginar como seria a briga: ele é mais forte, mas eu sou mais ágil, eu ia ter que brigar em pé, na base da cutelada. Olhei para o seu pescoço grosso: tinha que ser ali no gogó, um pau seguro no gogó, mas para dar um cacete caprichado ali por dentro ia ter que me colocar meio lateral e a minha base não ficava tão firme se ele viesse com um passapé; e por dentro o bloqueio ia ser fácil, o João tinha reflexo, me lembrei dele treinando o Mauro para aquele vale-tudo com o Juarez em que o Mauro foi estraçalhado; reflexo ele tinha, estava gordo mas era um tigre; bater dos lados não adiantava, ali eram duas chapas de aço; eu podia ir para o chão tentar uma finalização limpa, uma chave de braço; duvidoso. "Vamos botar a roupa, vamos embora", disse para Waterloo. "O que que há?", perguntou João apreensivo, "você está zangado comigo?" Bufei e disse: "Sei lá, estou com o saco cheio disso tudo, quase me embucetei contigo ainda agora, é bom você ficar sabendo". João ficou tão nervoso que quase perdeu a pose, sua barriga chegou a estufar como se fosse uma fronha de travesseiro, mas não era medo da briga não, disso ele não tinha medo, ele estava era com medo de perder o campeonato.

"Você ia fazer isso com o teu amigo", cantou ele, "você é como um irmão para mim, e ia brigar comigo?" Então fingiu uma cara muito compungida, o artista, e sentou abatido num banco com o ar miserável de um sujeito que acaba de ter notícia que a mulher o anda corneando. "Acaba com isso, João, não adianta nada. Se você fosse homem, você pedia desculpa." Ele engoliu em seco e disse "tá bem, desculpa, porra!, desculpa, você também (para o crioulo), desculpa; está bem assim?". Tinha dado o máximo, se eu provocasse ele explodia, esquecia o campeonato, apelava para a ignorância, mas eu não ia fazer isso, não só porque a minha raiva já tinha passado depois que briguei com ele em pensamento, mas também porque João havia pedido desculpa e quando homem pede desculpa a gente desculpa. Apertei a mão dele, solenemente; ele apertou a mão de Waterloo. Também apertei a mão do crioulo. Ficamos sérios, como três doutores.

"Vou fazer uma série para você, tá?", disse João, e Waterloo respondeu "sim senhor". Eu peguei a minha ficha e disse para João: "Vou fazer a rosca direta com sessenta quilos e a inversa com quarenta, o que que você acha?". João sorriu satisfeito, "ótimo, ótimo".

Terminei minha série e fiquei olhando João ensinar ao Waterloo. No princípio a coisa é muito chata, mas o crioulo fazia os movimentos com prazer, e isso é raro: normalmente a gente demora a gostar do exercício. Não havia mistério para Waterloo, ele fazia tudo exatamente como João queria. Não sabia respirar direito, é verdade, o miolo da caixa ainda ia ter que abrir, mas, bolas, o homem estava começando!

Enquanto Waterloo tomava banho, João disse para mim: "Estou com vontade de preparar ele também para o campeonato, o que que você acha?". Eu disse que achava uma boa ideia. João continuou: "Com vocês dois em forma, é difícil a academia não ganhar. O crioulo só precisa inchar um pouco, definição ele já tem". Eu disse: "Também não é assim não, João; o Waterloo é bom, mas vai precisar malhar muito, ele só deve ter uns quarenta de braço". "Tem quarenta e dois ou quarenta e três", disse João. "Não sei, é melhor medir." João disse que ia medir o braço, antebraço, peito, coxa, barriga da perna, pescoço. "E você quanto tem de braço?", me perguntou astuto; ele sabia, mas eu disse, "quarenta e seis". "Hum... é pouco, hein?, pro campeonato é pouco... faltam seis meses... e você, e você..." "Que que tem eu?" "Você está afrouxando..." A conversa estava chata e resolvi prometer, para encerrar: "Pode deixar, João, você vai ver, nesses seis meses eu vou pra cabeça". João me deu um abraço, "você é um cara inteligente... Puxa! com a pinta que você tem, sendo campeão! já imaginou? Retrato no jornal... Você vai acabar no cinema, na América, na Itália, fazendo aqueles filmes coloridos, já imaginou?". João colocou várias anilhas de dez quilos no pulley. "Teu pulley é de quanto?", perguntou. "Oitenta." "E essa garota que você tem, como é que vai ser?" Falei seco: "Como é que vai ser o quê?". Ele: "Sou teu amigo, lembre-se disso". Eu: "Está certo, você é meu amigo, e daí?". "Tudo que eu falo é para o teu bem." "Tudo que você fala é para o meu bem, e daí?" "Sou como um irmão para você." "Você é como um irmão para mim, e daí?" João agarrou a barra do pulley, ajoelhou-se e puxou a barra até o peito enquanto os oitenta quilos de anilhas subiam lentamente, oito vezes. Depois: "Qual é o teu peso?". "Noventa." "Então faz o pulley com noventa. Mas olha, voltando ao assunto, sei que peso dá um tesão grande, tesão, fome, vontade de dormir — mas isso não quer dizer que a gente faça isso sem medida; a gente fica estourado, na ponta dos cascos, mas tem que se controlar, precisa disciplina; vê o Nelson, a comida acabou com ele, fazia uma série de cavalo pra compensar, criou massa, isso criou, mas comia como um porco e acabou com um corpo de porco… coitado…" E João fez uma cara de pena. Não gosto de comer, e João sabe disso. Notei que o Corcundinha, deitado de costas, fazendo um crucifixo quebrado, prestava atenção na nossa conversa. "Acho que você anda fuçando demais", disse João, "isso não é bom. Você chega aqui toda manhã marcado de chupão, arranhado no pescoço, no peito, nas costas, nas pernas. Isso nem fica bem, temos uma porção de garotos aqui na academia, é um mau exemplo. Por isso eu vou te dar um conselho" — e João olhou para mim com cara de amigos-amigos-negócios-à-parte, com cara de contar dinheiro; já se respaldava no crioulo? — "essa garota não serve, arranja uma que queira uma vez só por semana, ou duas, e assim mesmo maneirando." Nesse instante Waterloo surgiu do vestiário e João disse para ele, "vamos sair que eu vou comprar umas roupas para você; mas é empréstimo, você vai trabalhar aqui na academia e depois me paga". Para mim: "Você precisa de um ajudante. Guenta a mão aí, que eu já volto".

Sentei-me, pensando. Daqui a pouco começam a chegar os alunos. Leninha, Leninha. Antes que fizesse uma luz, o Corcundinha falou: "Quer ver se eu estou puxando certo na barra?". Fui ver. Não gosto de olhar o Corcundinha. Ele tem mais de seis tiques diferentes. "Você está melhorando dos tiques", eu disse; mas que besteira, ele não estava, por que eu disse aquilo? "Estou, não estou?", disse ele satisfeito, piscando várias vezes com incrível rapidez o olho esquerdo. "Qual a puxada que você está fazendo?" "Por trás, pela frente, e de mãos juntas na ponta da barra. Três séries para cada exercício, com dez repetições. Noventa puxadas, no total, e não sinto nada." "Devagar e sempre", eu disse para ele. "Ouvi a tua conversa com o João", disse o Corcundinha. Balancei a cabeça. "Esse negócio de mulher é fogo", continuou ele, "eu briguei com a Elza." Raios, quem era a Elza? Por via das dúvidas, disse "é". Corcundinha: "Não era mulher para mim. Mas ocorre que estou agora com essa outra pequena e a Elza vive ligando lá para casa dizendo desaforos para ela, fazendo escândalos. Outro dia na saída do cinema foi de morte. Isso me prejudica, eu sou um homem de responsabilidade". Corcundinha num ágil salto agarrou a barra com as duas mãos e balançou o corpo para a frente e para trás, sorrindo, e dizendo: "Essa garota que tenho agora é um estouro, um brotinho, trinta anos mais nova do que eu, trinta anos, mas eu ainda estou em forma — ela não precisa de outro homem". Com puxadas rápidas Corcundinha içou o corpo várias vezes, por trás, pela frente, rapidamente: uma dança; horrível; mas não despreguei olho. "Trinta anos mais nova?", eu disse maravilhado. Corcundinha gritou do alto da barra: "Trinta anos! Trinta anos!". E dizendo isso Corcundinha deu uma oitava na barra, uma subida de rim e após balançar-se pendularmente tentou girar como se fosse uma hélice, seu corpo completamente vermelho do esforço, com exceção da cabeça que ficou mais branca. Segurei suas pernas; ele caiu pesadamente, em pé, no chão. "Estou em forma", ofegou. Eu disse: "Corcundinha, você precisa tomar cuidado, você... você não é criança". Ele: "Eu me cuido, me cuido, não me troco por nenhum garoto, estou melhor do que quando tinha vinte anos e bastava uma mulher roçar em mim para eu ficar maluco; é toda noite, meu camaradinha, toda noite!". Os músculos do seu rosto, pálpebra, narina, lábio, testa começaram a contrair, vibrar, tremer, pulsar, estremecer, convulsar: os seis tiques ao mesmo tempo. "De vez em quando os tiques voltam?", perguntei. Corcundinha respondeu: "É só quando eu fico distraído". Fui para a janela pensando que a gente vive distraído. Embaixo, na rua, estava o montinho de gente em frente à loja e me deu vontade de correr para lá, mas eu não podia deixar a academia sem ninguém.

Depois chegaram os alunos. Primeiro chegou um que queria ficar forte porque tinha espinhas no rosto e voz fina, depois chegou outro que queria ficar forte para bater nos outros, mas esse não ia bater em ninguém, pois um dia foi chamado para uma decisão e medrou; e chegaram os que gostam de olhar no espelho o tempo todo e usar camisa de manga curta apertada pro braço parecer mais forte; e chegaram os garotos de calças Lee, cujo objetivo é desfilar na praia; e chegaram os que só vêm no verão, perto do carnaval, e fazem uma série violenta para inchar rápido e eles vestirem suas fantasias de sarong, grego, qualquer coisa que ponha a musculatura à mostra; e chegaram os coroas cujo objetivo é queimar a banha da barriga, o que é muito difícil, e, depois de certo ponto, impossível; e chegaram os lutadores profissionais: Príncipe Valente, com sua barba, Testa de Ferro, Capitão Estrela, e a turma do vale-tudo: Mauro, Orlando, Samuel — estes não dão bola pra modelagem, só querem força para ganhar melhor sua vida no ringue: não se aglomeram na frente dos espelhos, não chateiam pedindo instruções; gosto deles, gosto de treinar com eles nas vésperas de uma luta, quando a academia está vazia; e vê-los sair de uma montada, escapar de um arm-lock ou então bater quando consigo um estrangulamento perfeito; ou ainda conversar sobre as lutas que ganharam ou perderam.

O João voltou, e com ele Waterloo de roupa nova. João encarregou o crioulo de arrumar as anilhas, colocar barras e halteres nos lugares certos, "até você aprender para ensinar".

Já era de noite quando Leninha telefonou para mim, perguntando a que horas eu ia para casa, para casa dela, e eu disse que não podia passar lá pois ia para minha casa. Ouvindo isso Leninha ficou calada: nos últimos trinta ou quarenta dias eu ia toda noite para a casa dela, onde já tinha chinelo, escova de dentes, pijama e uma porção de roupas; ela perguntou se eu estava doente e eu disse que não; e ela ficou outra vez calada, e eu também, parecia até que nós queríamos ver quem piscava primeiro; foi ela: "Então você não quer me ver hoje?". "Não é nada disso", eu disse, "até amanhã, telefona para mim amanhã, tá bem?"

Fui para o meu quarto, o quarto que eu alugava de dona Maria, a velha portuguesa que tinha catarata no olho e queria me tratar como se fosse um filho. Subi as escadas na ponta dos pés, segurando o corrimão de leve e abri a porta sem fazer barulho. Deitei imediatamente na cama, depois de tirar os sapatos. No seu quarto a velha ouvia novelas: "Não, não, Rodolfo, eu te imploro!", ouvi do meu quarto, "Juras que me perdoas? Perdoar-te, como, se te amo mais que a mim mesmo... Em que pensas? Oh! não me perguntes... Anda, responde... às vezes não sei se és mulher ou esfinge...". Acordei com batidas na porta e dona Maria dizendo "já lhe disse que ele não está", e Leninha: "A senhora me desculpe, mas ele disse que vinha para casa e eu tenho um assunto urgente". Fiquei quieto: não queria ver ninguém. Não queria ver ninguém — nunca mais. Nunca mais. "Mas ele não está." Silêncio. Deviam estar as duas frente a frente. Dona Maria tentando ver Leninha na fraca luz amarela da sala e a catarata atrapalhando, e Leninha... (é bom ficar dentro do quarto todo escuro). "... sar mais tarde?" "Ele não tem vindo, há mais de um mês que não dorme em casa, mas paga religiosamente, é um bom menino."

Leninha foi embora e a velha estava de novo no quarto: "Permiti-me contrariá-lo, perdoe-me a ousadia... mas há um amor que uma vez ferido só encontra sossego no esquecimento da morte... Ana Lucia! Sim, sim, um amor irredutível que paira muito além de todo e qualquer sentimento, amor que por si resume a delícia do céu dentro do coração...". Coitada da velha que vibrava com aquelas baboseiras. Coitada? Minha cabeça pesava no travesseiro, uma pedra em cima do meu peito... um menino? Como é que era ser menino? Nem isso sei, só me lembro que urinava com força, pra cima: ia alto. E também me lembro dos primeiros filmes que vi, de Carolina, mas aí eu já era grande, doze?, treze?, já era homem. Um homem. Homem...

De manhã quando ia para o banheiro dona Maria me viu. "Tu dormiste aqui?", ela me perguntou. "Dormi." "Veio uma moça te procurar, estava muito inquieta, disse que era urgente." "Sei quem é, vou falar com ela hoje", e entrei no banheiro. Quando saí, dona Maria me perguntou, "não vais fazer a barba?". Voltei e fiz a barba. "Agora sim, estás com cara de limpeza", disse dona Maria, que não se desgrudava de mim. Tomei café, ovo quente, pão com manteiga, banana. Dona Maria cuidava de mim. Depois fui para a academia.

Quando cheguei já encontrei Waterloo. "Como é? Está gostando?", perguntei. "Por enquanto está bom." "Você dormiu aqui?" "Dormi. O seu João disse para eu dormir aqui." E não dissemos mais nada, até a chegada do João.

João foi logo dando instruções a Waterloo: "De manhã, braço

e perna; de tarde, peito, costas e abdominal"; e foi vigiar o exercício do crioulo. Para mim não deu bola. Fiquei espiando. "De vez em quando você bebe suco de frutas", dizia João, segurando um copo, "assim, ó", João encheu a boca de líquido, bochechou e engoliu devagar, "viu como é?", e deu o copo para Waterloo que repetiu o que ele tinha feito.

A manhã toda João ficou paparicando o crioulo. Fiquei ensinando os alunos que chegaram. Arrumei os pesos que espalhavam pela sala. Waterloo só fez a série. Quando chegou o almoço — seis marmitas — João me disse: "Olha, não leve a mal, vou repartir a comida com o Waterloo, ele precisa mais do que você, não tem onde almoçar, está duro, e a comida só dá pra dois". Em seguida sentaram-se colocando as marmitas sobre a mesa de massagens forrada de jornais e começaram a comer. Com as marmitas vinham sempre dois pratos e talheres.

Me vesti e saí para comer, mas estava sem fome e comi dois pastéis num botequim. Quando voltei, João e Waterloo estavam esticados nas cadeiras de lona. João contando a história do duro que tinha dado para ser campeão.

Um aluno me perguntou como é que fazia o pullover reto e fui mostrar para ele, outro ficou falando comigo sobre o jogo do Vasco e o tempo foi passando e chegou a hora da série da tarde — quatro horas — e Waterloo parou perto do leg-press e perguntou como funcionava e João deitou-se e mostrou dizendo que o crioulo ia fazer agachamento que era melhor. "Mas agora vamos pro supino", disse ele, "de tarde, peito, costas e abdômen, não se esqueça."

Às seis horas mais ou menos o crioulo acabou a série dele. Eu não tinha feito nada. Até àquela hora João não tinha falado comigo. Mas aí disse: "Vou preparar o Waterloo, aluno igual a ele nunca vi, é o melhor que já tive", e me olhou, rápido e disfarçado; não quis saber onde queria chegar; saber, sabia, eu manjo os truques dele, mas não me interessei. João continuou: "Já viu coisa igual? Não acha que ele pode ser o campeão?". Eu disse: "Talvez; ele tem quase tudo, só falta um pouco de força e de massa". O crioulo, que estava ouvindo, perguntou: "Massa?". Eu disse: "Aumentar um pouco o braço, a perna, o ombro, o peito — o resto está —", ia dizer ótimo mas disse, "bom". O crioulo: "É força?". Eu: "Força é força, um negócio que tem dentro da gente". Ele: "Como é que você sabe que eu não tenho?". Eu ia dizer que era palpite, e palpite é palpite, mas ele me olhava de uma maneira que não gostei e por isso: "Você não tem". "Acho que ele tem", disse João, dentro do seu esquema. "Mas o garotão não acredita em mim", disse o crioulo.

Para que levar as coisas adiante?, pensei. Mas João perguntou: "Ele tem mais ou menos força do que você?".

"Menos", eu disse. "Isso só vendo", disse o crioulo. O João era o seu João, eu era o garotão: o crioulo tinha que ser meu faixa, pelo direito, mas não era. Assim é a vida. "Como é que você quer ver?", perguntei, azedo. "Tenho uma sugestão", disse João, "que tal uma queda de braço?" "Qualquer coisa", eu disse. "Qualquer coisa", repetiu o crioulo.

João riscou uma linha horizontal na mesa. Colocamos os antebraços em cima da linha de modo que meu dedo médio estendido tocasse o cotovelo de Waterloo, pois meu braço era mais curto. João disse: "Eu e o Gomalina seremos os juízes; a mão que não é da pegada pode ficar espalmada ou agarrada na mesa; os pulsos não poderão ser curvados em forma de gancho antes de iniciada a disputa". Ajustamos os cotovelos. Bem no centro da mesa nossas mãos se agarraram, os dedos cobrindo somente as falanges dos polegares do adversário, e envolvendo as costas das mãos, Waterloo indo mais longe pois seus dedos eram mais extensos e tocavam na aba do meu cutelo. João examinou a posição dos nossos braços. "Quando eu disser *já* vocês podem começar." Gomalina se ajoelhou de um lado da mesa, João do outro. "Já", disse João.

 A gente pode iniciar uma queda de braço de duas maneiras: no ataque, mandando brasa logo, botando toda força no braço imediatamente, ou então ficando na retranca, aguentando a investida do outro e esperando o momento certo para virar. Escolhi a segunda. Waterloo deu um arranco tão forte que quase me liquidou; puta merda!, eu não esperava aquilo; meu braço cedeu até a metade do caminho, que burrice a minha, agora quem tinha que fazer força, que se gastar, era eu. Puxei lá do fundo, o máximo que era possível sem fazer careta, sem morder os dentes, sem mostrar que estava dando tudo, sem criar moral no adversário. Fui puxando, puxando, olhando o rosto de Waterloo. Ele foi cedendo, cedendo, até que voltamos ao ponto de partida, e nossos braços se imobilizaram. Nossas respirações já estavam fundas, sentia o vento que saía do meu nariz bater no meu braço. Não posso esquecer a respiração, pensei, essa parada vai ser ganha pelo que respirar melhor. Nossos braços não se moviam um milímetro. Lembrei-me de um filme que vi, em que os dois camaradas, dois campeões, ficam um longo tempo sem levar vantagem um do outro, e enquanto isso um deles, o que ia ganhar, o mocinho, tomava whisky e tirava baforadas de um charuto. Mas ali não era cinema não; era uma luta de morte, vi que o meu braço e o meu ombro começavam a ficar vermelhos; um suor fino fazia o tórax de Waterloo brilhar; sua cara começou a se torcer e senti que ele vinha todo e o meu braço cedeu um pouco, e mais, raios!, mais ainda, e ao ver que podia perder isso me deu um desespero, e uma raiva! Trinquei os dentes! O crioulo respirava pela boca, sem ritmo, mas me levando, e então cometeu o grande erro: sua cara de gorila se abriu num sorriso e pior ainda, com a provocação grasnou uma gargalhada rouca de vitorioso, jogou fora aquele tostão de força que faltava para me ganhar. Um relâmpago cortou minha cabeça dizendo: agora!, e a arrancada que dei ninguém segurava, ele tentou mas a potência era muita; seu rosto ficou cinza, seu coração ficou na ponta da língua, seu braço amoleceu, sua vontade acabou — e de maldade, ao ver que entregava o jogo, bati com seu punho na mesa duas vezes. Ele ficou agarrando minha mão, como uma longa despedida sem palavras, seu braço vencido sem forças, escusante, caído como um cachorro morto na estrada.

Livrei minha mão. João, Gomalina queriam discutir o que tinha acontecido mas eu não os ouvia — aquilo estava terminado. João tentou mostrar o seu esquema, me chamou num canto. Não fui. Agora Leninha. Me vesti sem tomar banho, fui embora sem dizer palavra, seguindo o que meu corpo mandava, sem adeus: ninguém precisava de mim, eu não precisava de ninguém. É isso, é isso.

Eu tinha a chave do apartamento de Leninha. Deitei no sofá da sala, não quis ficar no quarto, a colcha cor-de-rosa, os espelhos, o abajur, a penteadeira cheia de vidrinhos, a boneca sobre a cama estavam me fazendo mal. A boneca sobre a cama: Leninha a penteava todos os dias, mudava sua roupa — calcinha, anágua, sutiã — e falava com ela, "minha filhinha linda, ficou com saudades da mamiquinha?". Dormi no sofá.

Leninha com um beijo no rosto me acordou. "Você veio cedo, não foi na academia hoje?" "Fui", disse sem abrir os olhos. "E ontem? Você foi cedo para sua casa?" "Fui", agora de olho aberto: Leninha mordia os lábios. "Não brinca comigo não, querido, por favor..." "Fui, não estou brincando." Ela suspirava. "Sei que você foi lá em casa. A hora não sei; ouvi você falar com dona Maria, ela não sabia que eu estava no quarto." "Fazer uma sujeira dessas comigo!", disse Leninha, aliviada. "Não foi sujeira nenhuma", eu disse. "Não se faz uma coisa dessas com... com os amigos." "Não tenho amigos, podia ter, até príncipe, se quisesses." "O quê?", disse ela dando uma gargalhada, surpresa. "Não sou nenhum vagabundo, conheço príncipe, conde, fique sabendo." Ela riu: "Príncipe?!, príncipe! no Brasil não tem príncipe, só tem príncipe na Inglaterra, você está pensando que sou boba". Eu disse: "Você é burra, ignorante; e não tem príncipe na Itália? Esse príncipe era italiano". "E você já foi na Itália?" Eu devia ter dito que já tinha comido uma condessa, que tinha andado com um príncipe italiano e, bolas, quando você anda com uma dona com quem outro cara também andou, isso não é uma forma de conhecer ele? Mas Leninha também não ia acreditar nessa história da condessa, que acabou tendo um fim triste como todas as histórias verdadeiras: mas isso não conta para ninguém. Fiquei de repente calado e sentindo a coisa que me dá de vez em quando, nas ocasiões em que os dias ficam compridos e isso começa de manhã quando acordo sentindo uma aporrinhação enorme e penso que depois de tomar banho passa, depois de tomar café passa, depois de fazer ginástica passa, depois do dia passar passa, mas não passa e chega a noite e estou na mesma, sem querer mulher ou cinema, e no dia seguinte também não acabou. Já fiquei uma semana assim, deixei crescer a barba e olhava as pessoas, não como se olha um automóvel, mas perguntando, quem é?, quem é?, quem-é-além-do-nome?, e as pessoas passando na minha frente, gente pra burro neste mundo, quem é?

Leninha, me vendo assim apagado como se fosse uma velha fotografia, sacudiu um pano na minha frente dizendo, "olha a camisa bacana que comprei para você; veste, veste para eu ver". Vesti a camisa e ela disse: "Você está lindo, vamos na boate?". "Fazer o que na boate?" "Quero me divertir, meu bem, trabalhei tanto o dia inteiro." Ela trabalha de dia, só anda com homem casado e a maioria dos homens casados só faz essa coisa de dia. Chega cedo na casa da dona Cristina e às nove horas da manhã já tem freguês telefonando para ela. O movimento maior é na hora do almoço e no fim da tarde; Leninha não almoça nunca, não tem tempo.

Então fomos à boate. Acho que ela gosta de me mostrar, pois insistiu comigo para levar a camisa nova, escolheu a calça, o sapato e até quis pentear o meu cabelo, mas isso também era demais e não deixei. Ela é gozada, não se incomoda que as outras mulheres olhem para mim. Mas só olhar. Se alguma dona vier falar comigo fica uma fera.

O lugar era escuro, cheio de infelizes. Mal tínhamos acabado de sentar um sujeito passou pela nossa mesa e disse: "Como vai, Tânia?". Leninha respondeu: "Bem obrigada, como vai o senhor?". Ele também ia bem obrigado. Me olhou, fez um movimento com a cabeça como se estivesse me cumprimentando e foi para a mesa dele. "Tânia?", perguntei. "Meu nome de guerra", respondeu Leninha. "Mas o teu nome de guerra não é Betty?", perguntei. "É, mas ele me conheceu na casa da dona Viviane, e lá o meu nome de guerra era Tânia."

Nesse instante o cara voltou. Um coroa, meio careca, bem-vestido, enxuto para a idade dele. Tirou Leninha para dançar. Eu disse: "Ela não vai dançar não, meu chapa". Ele talvez tenha ficado vermelho, no escuro, disse: "Eu pensei...". Não dei mais pelota pro idiota, ele estava ali, em pé, mas não existia. Disse para Leninha: "Esses caras vivem pensando, o mundo está cheio de pensadores". O sujeito sumiu.

"Que coisa horrível isso que você fez", disse Leninha, "ele é meu cliente antigo, advogado, um homem distinto, e você fazer uma coisa dessas com ele. Você foi muito grosseiro." "Grosseiro foi ele, não viu que você estava acompanhada, por — um amigo, freguês, namorado, irmão, fosse o que fosse? Devia ter-lhe dado um pontapé na bunda. E que história é essa de Tânia, dona Viviane?" "Isso é uma casa antiga que frequentei." "Casa antiga? Que casa antiga?" "Foi logo que me perdi, meu bem... no princípio..."

É de amargar.

"Vamos embora", eu disse. "Agora?" "Agora."

Leninha saiu chateada, mas sem coragem de demonstrar.

"Vamos pegar um táxi", ela disse. "Por quê?", perguntei, "não sou rico para andar de táxi." Esperei que ela dissesse "o dinheiro é meu", mas ela não disse; insisti: "Você é boa demais para andar de ônibus, não é?"; ela continuou calada; não desisti: "Você é uma mulher fina"; — "de classe"; — "de categoria". Então ela falou, calma, a voz certa, como se nada houvesse: "Vamos de ônibus".

Fomos de ônibus para a casa dela.

"O que que você quer ouvir?", perguntou Leninha. "Nada", respondi. Fiquei nu, enquanto Leninha ia ao banheiro. Com os pés na beira da cama e as mãos no chão fiz cinquenta mergulhos.

Leninha voltou nua do banheiro. Ficamos os dois nus, parados dentro do quarto, como se fôssemos estátuas.

No princípio, esse princípio era bom: nós ficávamos nus e fingíamos, sabendo que fingíamos, que estávamos à vontade. Ela fazia pequenas coisas, arrumava a cama, prendia os cabelos mostrando em todos os ângulos o corpo firme e saudável — os pés e os seios, a bunda e os joelhos, o ventre e o pescoço. Eu fazia uns mergulhos, depois um pouco de tensão de Charles Atlas, como quem não quer nada, mas mostrando o animal perfeito que eu também era, e sentindo, o que ela devia também sentir, um prazer enorme por saber que estava sendo observado com desejo, até que ela olhava sem rebuços para o lugar certo e dizia com uma voz funda e arrepiada, como se estivesse sentindo o medo de quem vai se atirar num abismo, "meu bem", e então a representação terminava e partíamos um para o outro como duas crianças aprendendo a andar, e nos fundíamos e fazíamos loucuras, e não sabíamos de que gargantas os gritos saíam, e implorávamos um ao outro que parasse mas não parávamos, e redobrávamos a nossa fúria, como se quiséssemos morrer naquele momento de força, e subíamos e explodíamos, girando em rodas roxas e amarelas de fogo que saíam dos nossos olhos e dos nossos ventres e dos nossos músculos e dos nossos líquidos e dos nossos espíritos e da nossa dor pulverizada. Depois a paz: ouvíamos alternadamente o bater forte dos nossos corações sem sobressalto; eu botava o meu ouvido no seu seio e em seguida ela, por entre os lábios exaustos, ela soprava de leve o meu peito, aplacando; e sobre nós descia um vazio que era como se a gente tivesse perdido a memória.

Mas naquele dia ficamos parados como se fôssemos duas estátuas. Então me envolvi no primeiro pano que encontrei, e ela fez o mesmo e sentou-se na cama e disse "eu sabia que ia acontecer", e foi isso, e portanto ela, que eu considerava uma idiota, que me fez entender o que tinha acontecido. Vi então que as mulheres têm dentro delas uma coisa que as faz entender o que não é dito. "Meu bem, o que que eu fiz?", ela perguntou, e eu fiquei com uma pena danada dela; com tanta pena que deitei ao seu lado, arranquei a roupa que a envolvia, beijei seus seios, me excitei pensando em antigamente, e comecei a amá-la, como um operário no seu ofício, e inventei gemidos, e apertei-a com força calculada. Seu rosto começou a ficar úmido, primeiro em torno dos olhos, depois a face toda. Ela disse: "O que que vai ser de você sem mim?", e com a voz saíram também os soluços.

Botei minha roupa, enquanto ela ficava na cama, com um braço sobre os olhos. "Que horas são?", ela perguntou. Eu disse: "Três e quinze". "Três e quinze... quero marcar a última hora que estou te vendo...", disse Leninha. E não adiantava eu dizer nada e por isso saí, fechando a porta da rua cuidadosamente.

Fiquei andando pelas ruas vazias e quando o dia raiou eu estava na porta da loja de discos louco que ela abrisse. Primeiro chegou um cara que abriu a porta de aço, depois outro que lavou a calçada e outros, que arrumaram a loja, puseram os alto-falantes para fora, até que afinal o primeiro disco foi colocado e com a música eles começaram a surgir de suas covas, e se postaram ali comigo, mais quietos do que numa igreja. Exato: como numa igreja, e me deu uma vontade de rezar, e de ter amigos, o pai vivo, e um automóvel. E fui rezando lá por dentro e imaginando coisas, se tivesse pai ia beijar ele no rosto, e na mão tomando bênção, e seria seu amigo e seríamos ambos pessoas diferentes.

O GRAVADOR

"Eu trabalho com um Grundig, um National e um Webcor."

"Qual está com defeito?"

"São todos estereofônicos. Mas algumas coisas eu gravo em monoaural."

(*Os telefonemas, por exemplo.*)

"Sim, mas qual está com defeito?"

"O Webcor. Está com som de barril."

"Deve ser o microfone."

"Talvez."

"Ou então a cabeça do gravador."

"Talvez."

"O senhor traz o gravador e o microfone aqui que eu vou ver."

"Não posso." (*Não posso, não posso.*) "O senhor não pode mandar apanhar aqui?"

Stop.

(*Rodei pela casa em grande velocidade, sem bater num móvel sequer. Minha agilidade é muito grande. Sempre desejei jogar basquete. Um dia vou à Associação para me inscrever no time. Ajustei o gravador em mono.*)

"Boa tarde. Aqui é do Instituto Brasileiro de Opinião."

"O quê?"

"A senhora quer fazer o favor de chamar a dona da casa?"

"Eu sou a dona da casa."

"Aqui é do Instituto Brasileiro de Opinião Pública."

"Sim, senhor."

"Nós estamos fazendo uma pesquisa de opinião para saber o que pensa o povo brasileiro da eutanásia."

"Eutanásia? O senhor se refere ao ato de matar uma pessoa para evitar que ela sofra?"

"Exatamente."

"Sou contra. O senhor pode colocar aí que sou contra. Veementemente contra."

"A senhora se incomoda de dar as razões?"

"Não, absolutamente. Acho que o sofrimento deve ser aliviado por entorpecentes, anestésicos, o que for necessário. A vida não deve ser abreviada por motivo algum. O senhor não acha?"

"Bem, quem está entrevistando a senhora sou eu."

"Sim, eu sei. Mas tenho a impressão que todos pensam como eu. Não pensam?"

"Bem, se a senhora quer dizer que em matéria de eutanásia é impossível dizer-se alguma coisa original, concordo com a senhora. A maioria das pessoas alega que a qualquer momento pode se descobrir uma cura para o sofrimento."

"O câncer, por exemplo."

"Ou então que somente Deus pode tirar a vida dos outros."

"É isso mesmo."

"O que é uma afirmativa horrível, a senhora não concorda?"

"Bem —"

"Mas há também afirmações favoráveis, baseadas sempre no desejo de aliviar o sofrimento de alguém considerado irremediavelmente perdido."

"Mas estão erradas!"

"Quase sempre as pessoas que cuidaram exaustivamente de parentes submetidos a uma longa agonia. Ou então enfermeiras. Muitas enfermeiras adotam esse ponto de vista. Isso não a surpreende?"

"É claro que me surpreende. Afinal de contas existem anestésicos, alívios para o sofrimento físico."

"E o sofrimento moral?"

"Como assim?"

"Quando não há dor física que a anestesia possa aliviar."

"Como assim?"

"Uma pessoa angustiada porque o mundo não é bom para ela, porque perdeu tudo, como Jó, por exemplo, porque está só e abandonada, porque perdeu a esperança —"

"Como assim?"

"Uma pessoa sofrendo mental e emocionalmente, é o que quero dizer."

(*Silêncio do outro lado.*)

"O senhor podia me dizer o seu nome?"

"Pois não: Jorge Vale."

(*Outro silêncio.*)

"Senhor Jorge, eu agora estou muito ocupada, eu — eu não poderei continuar conversando com o senhor."

"Mas minha senhora, perdoe minha insistência, mas o inquérito não está terminado, há muitas coisas que gostaria ainda de lhe perguntar. A nossa pesquisa é muito séria e participando dela a senhora está contribuindo para a elaboração de um importante documento social —"

"Eu lhe telefono depois. Eu posso lhe telefonar depois?"

(*Uma certa suspeita na voz?*)

"Eu lhe telefono depois."

Click.

(*Voltei a fita ao ponto inicial e ouvi tudo de novo.*)

"Senhor Jorge, eu agora estou muito ocupada, eu — eu não poderei continuar conversando com o senhor."

(*Havia mesmo suspeita.*)

"Senhor Jorge, eu agora estou muito ocupada, eu — eu não poderei continuar conversando com o senhor."

(*Havia mais do que suspeita.*)

"Eu lhe telefono depois. Eu posso lhe telefonar depois?"

(*Havia urgência.*)

"Eu lhe telefono depois. Eu posso lhe telefonar depois?"

(*Havia urgência e suspeita. Eu devia ter feito a gravação em estéreo e depois reproduzido a fita nos quatro alto-falantes.*)

O telefone tocou. Mudei o botão, que estava na faixa 1 - 3 para estéreo. Aumentei a velocidade de 3 3/4 para 7 1/2.

Tirim, tirim. (*Record. Luz verde. Modulei.*)

"Alô."

"Meu filho?"

"Sim, mamãe."

"O teu telefone vive ocupado. Com quem é que você conversa tanto?"

"Com os meus amigos!"

"Você não tem amigos."

"Ora, mamãe, a senhora é que não os conhece."

"Como, se você nunca sai de casa?"
"Mas tenho e pronto."
"Mas você não sai de casa!"
"Ora, mamãe..."
"Está bem. Não precisa se zangar com sua mãe."
"Não estou zangado."
"Fico tão preocupada com você aí sozinho!"
"Mas não precisa. Sei tomar conta de mim."
"Está bem. Logo mais vou aí botar você na cama."
"Não precisa. Já disse um milhão de vezes que não precisa."
"Vou aí pra te ver."
"Já disse um milhão de vezes que não precisa! Sei me deitar sozinho."
"Vou aí para ajudar. Para te ver."
"Sei me deitar sozinho."
"Meu filho... Oh! meu filho, você é tão teimoso!"

Eu estava com o rosto todo cheio de creme quando o telefone tocou. É um creme especial para rugas que, ao contrário dos outros, deve ser usado durante o dia. Isso tem uma certa lógica, pois, ao dormir, a pessoa acaba limpando o creme no travesseiro, principalmente alguém que tenha o sono agitado, como eu. Acredito em tratamentos de beleza. Uma pele cuidada é sempre mais bonita do que uma pele castigada pelo sol ou pela falta de limpeza. Não é vaidade. É mais uma questão de orgulho. Talvez o orgulho seja o meu fraco, reconheço.

Mas o telefone tocou quando eu estava com o rosto cheio de creme e quando estou com creme no rosto não sei fazer nada e muito menos falar no telefone. Nessas ocasiões gosto de ficar no sofá, imóvel, descansando, sem ter ninguém que me incomode. Eu tenho uma porção de manias. Roupa limpa de cama é uma delas. O ideal para mim seria mudar os lençóis da cama diariamente. Mas isso é impossível e por isso contento-me em fazê-lo uma vez por semana. Já Jorge não se incomoda. Para ele, tanto faz. Também, quando deita, dorme imediatamente e ronca, um ronco alto que me irrita. Além disso, durante o sono joga braços e pernas suarentos por cima de mim, o que faz com que eu fuja para um canto da cama. Aliás, ele vive suando. Naquelas ocasiões mais íntimas, ele sua um suor pegajoso que me incomoda tanto que acabo não tendo nenhum prazer.

Mas o telefone tocou. Era um homem, com uma voz muito simpática, que dizia ser de um instituto e estar interessado em saber a opinião das pessoas sobre a eutanásia. Fez uma porção de perguntas, queria saber se eu era a favor ou contra, até que em determinado momento me deu uma certa desconfiança de que ele não era uma pessoa séria e estava escondendo alguma coisa de mim. Pensei que talvez fosse industriado pelo meu marido. Cortei então a nossa conversa, dizendo-lhe estar ocupada e que lhe telefonava depois para terminar meu depoimento, mas ele não me deu o telefone.

Às sete horas Jorge chegou. Aliás, a pessoa que me telefonou disse que se chamava Jorge.

Jorge vive sempre reclamando de alguma coisa. Na hora do jantar, brigou por causa do bife, dizendo que não gostava de carne congelada. Eu também não gosto, mas há certas ocasiões em que a única carne que se encontra nos açougues é carne congelada.

"Senhoras e senhores, prosseguindo em nossa série de concertos de música concreta, apresentaremos hoje o *Concerto de rodas sibilantes*, de Jorge Vale."

Ffuffuffuffuffufufufufufufufufufufffffffff

Brudddd

Guhhuhuuhh

Tirrim

(*Liguei o gravador que estava conectado no fio telefônico.*)

"Alô."

"Meu filho?"

"Ah, mamãe, eu estou no meio de uma gravação. Puxa!"

"Eu não sabia, não é? Você faz essas gravações nas horas mais estranhas."

"Esta não é uma hora estranha."

"Está bem, está bem, eu desligo, não precisa tratar assim sua velha mãe."

(*Ela não é velha. Antes fosse.*)

"Ah, mamãe, não vamos brigar de novo."

"Que concerto é esse?"

"Concerto das rodas sibilantes."

(*Ela ficou em silêncio por instantes. Chocada.*)

"A senhora perdeu a língua?"

"Meu filho... meu filho." (*Cada locução com um ritmo diferente. Olhei o gravador para ver se estava gravando bem, nas duas faixas. Não gosto de perder as entonações de minha mãe, há qualquer coisa de falso e irritante, ainda que comovente, nas coisas que ela diz.*)

"Das rodas sibilantes. A senhora quer saber como é? Eu coloco o microfone junto das rodas —"

"Meu filho..."

"— enquanto elas deslizam céleres pelo chão."

"Meu filho..."

"O concerto começa com um som macio, sibilante, como um sopro de cobra abafado. Em seguida, ruído de multidão ao longe, combinado com concha do mar. Consigo isso amassando lentamente as cortinas de plástico do banheiro."

"As cortinas que eu te dei, que eu mesma instalei!"

"Depois um longo grito gutural, como de um bicho ou um ser supernatural, que consigo colocando o microfone junto da garganta."

"Não quero mais saber disso!"

"Mas a senhora precisa. A senhora sabe o que disse o Eurico Brum quando esteve aqui, ouvindo uma das músicas? Que sou melhor do que o Schaeffer ou o Arthuys. Mas a senhora não sabe quem são Schaeffer e Arthuys. Foram sujeitos que procuraram usar os ruídos como fonte de som. É o que eu faço, filtro e modulo ruídos e depois cada ruído é ordenado e justaposto. A senhora uma vez disse que o meu *Estudo patético* era cruel. Me lembro quando a senhora disse isso. Aliás, está gravado. A senhora acha que música tem que ser uma chorumela adocicada."

"Eu não acho —"

"Acha, acha. O *Concerto das rodas* tem que ser mau, pois a roda é má, é horrível ainda que útil, útil, útil. É escravizante. A senhora não acha que a roda é escravizante?"

"Boa noite, meu filho."

"É ou não é escravizante!"

"Boa noite, meu filho."

(*Silêncio.*)

"Responda, meu filho, por favor, eu não quero desligar sem

você me responder."

Click.

Trolotrolotro-trolotro-trolotrolotro–trolotrotrolo-trolotrolo-trolotrolotro. Purrr-purrr-purrr-purrr.

"Alô?"

"Alô?"

"Nós não acabamos a nossa conversa de ontem."

"Ah, é o senhor?"

"Sou eu."

"Como tem passado o senhor?"

"Bem. E a senhora?"

"Bem. Obrigada. O senhor sabe que eu não sei o seu nome?"

"É Jorge. Jorge Vale. Eu lhe falei ontem, não falei?"

(*Não muito convincente. Teria se esquecido mesmo ou estaria mentindo?*)

"Quem não sabe o seu nome sou eu."

(*Uma pausa.*)

"Aa-alice. Alice."

"Pois é, dona Alice, eu fiquei aguardando que a senhora me telefonasse, mas depois me lembrei que eu não lhe havia dado o meu telefone."

"É verdade."

(*Outra pausa.*)

"O que que o senhor faz?"

"Minha profissão?"

"É."

"Sou pesquisador de opinião pública. Como distração faço música concreta. É uma música feita de ruídos que se transformam em sons, aumentando e diminuindo a velocidade da gravação. Os ruídos são todos montados numa fita que depois a gente ouve. Como se fosse um filme — cada som um fotograma. É a minha distração preferida."

"Eu gosto de ler."

"Isso também gosto. Mas sou um homem de ação. Não posso ficar sentado muito tempo."

(*Esta frase me deixou irritado. Não faço outra coisa senão ficar sentado o dia inteiro.*)

"Por sentado quero dizer ficar sem fazer nada. Entendeu?"

"Mas ficar lendo não é ficar sem fazer nada, o senhor não acha?"

"Acho. Mas gosto de coisas que me ocupem, que me deem trabalho físico, o que a leitura evidentemente não dá."

"Isso é porque o senhor não é dona de casa. A coisa que a dona de casa mais gosta é de ficar deitada, sem fazer esforço. Nós andamos quilômetros dentro de casa. O senhor sabia que nós andamos quilômetros dentro de casa, de um lado para o outro, da cozinha para a sala, da sala para o banheiro e de volta para a cozinha e para a sala — é uma coisa que não termina nunca. O senhor é casado?"

"Eu? Não, moro sozinho."

"Mas deve ter alguém para arrumar sua casa, fazer sua comida. Uma empregada, quero dizer."

"Não, não tenho. Eu mesmo arrumo minha casa, faço a minha comida. Às vezes minha mãe vem aqui, ver como vão as coisas. Mas prefiro que ela não venha, sei tomar conta de mim mesmo."

"O senhor é um homem excepcional. É a primeira vez que ouço falar numa coisa dessas."

"Que coisa dessas?"

"Um homem autossuficiente. Todos os homens são tão dependentes! Tem sempre uma mulher tomando conta deles."

"Mas existem as exceções."

"É isso mesmo."

"E a senhora, é solteira?"

"Não, sou casada..."

"Ah, sei."

"Mas sou muito feliz com o meu marido."

"Tem filhos?"

"Não, não, nós, eehh, nós não temos filhos."

"Ah, sei."

"Mas é um casamento muito feliz o nosso. Dizem que os filhos fortalecem o matrimônio, nós não temos filhos mas nem por isso o nosso casamento é menos feliz."

"Sim, é lógico. Tudo depende..."

"Das pessoas se entenderem. Tudo depende das pessoas se entenderem."

"É, tudo depende das pessoas se entenderem."

"O senhor deve ser muito moço. A sua voz é de um homem muito moço. Cheio de vitalidade."

"Tenho trinta anos."

"Então não ficará solteiro muito tempo. Nessa idade os homens correm um enorme risco."

"Um risco? A senhora quer dizer que o casamento é uma questão de sorte?"

"Talvez. Não sei. Eu tive muita sorte, sou muito feliz no meu casamento, mas vejo tanta gente infeliz por aí, casais que não se entendem, que vivem uma vida de cão e gato, ou então uma vida triste, sem entusiasmo, sem amor, em que ambos se conformam com a vida miserável que levam, sem coragem de partir os laços que os unem e começar uma vida nova. Tenho muita pena dessa gente, talvez por ser feliz e poder ter pena dos outros, em vez de ter pena de mim mesma."

(*Pena dos outros. Pena da gente.*)

"Ligo para a senhora amanhã."

"O senhor deve ter outras coisas para fazer e eu aqui prendendo o senhor no telefone..."

"Não, não, absolutamente. Tenho mesmo que —"

"Eu sei, eu sei."

"Por favor, a senhora não pense que —"

"É claro que não, eu, eu, a-guardo o seu telefonema."

"Então, até logo. Ligo amanhã. Até logo."

Jorge me telefonou. Não creio mais que seja alguém mandado pelo meu marido. Sua voz é tão honesta, séria.

Tem trinta anos. Nessa idade o homem não é mais romântico, mas ele parece ser: sempre tão respeitador, me chamando de senhora o tempo todo. Vive sozinho e faz sua própria comida; pelo menos é o que ele diz e não creio que minta. Que interesse ele teria em mentir?

Ele é muito simpático e atencioso, mas teve alguma coisa que o deixou perturbado. Foi quando eu disse que sentia pena das pessoas e que só sentia pena das pessoas porque não sentia pena de mim mesma. Quando disse isso, ele ficou calado algum tempo, como que analisando o que eu dissera. Eu tinha dito também que era muito feliz no casamento. Teria sido por isso? Terá ele algum interesse em mim e o fato de eu ser casada e feliz o tenha deixado perturbado por ele ser tão sério que não pode pensar em ter uma aventura com uma mulher nessas circunstâncias? É bom que ele pense assim. Aliás, se não fosse isso, eu não estaria falando com ele pelo telefone. Não sou do tipo de mulher que faz essas coisas. Não que eu seja feliz com meu marido. Feliz não sou. Não adianta mentir para mim mesma. Posso mentir para os outros, mas não para mim mesma, mas isso foi no princípio, logo que nos casamos. Demorei muito a aceitar a verdade a respeito do homem com quem casei. Eu ficava dizendo, todos os homens são assim, o casamento é isso mesmo, você tem que se conformar e afinal ele não é tão ruim, foi muito melhor você ter casado do que ficar solteirona para o resto da vida. Foi esse aliás o meu erro. Eu escolhi muito e encontrava um defeito em todos os homens que me cortejavam — um não tinha dentes bonitos, outro não era inteligente, outro não tinha lido os livros que eu lera, outro era considerado muito baixinho pelas minhas amigas, o outro tinha um emprego sem futuro, o outro era meio mulato, o outro se vestia mal — em todos eu achava um defeito, eu e minhas amigas, um defeito que nada tinha a ver com o caráter deles, mas apenas com a aparência física. Enquanto isso, o tempo foi passando, minhas amigas se casaram e o mais engraçado é que uma delas casou com um homem pequenino e careca e outra casou com um mulato mesmo e ambas são muito felizes hoje, é preciso que se note.

Demorei a casar e já me sentia no fim quando Jorge surgiu. Eu me casaria com qualquer um, àquela altura dos acontecimentos, essa é que é a verdade. Como ele era um homem bonito, a minha decisão foi tomada imediatamente. Fiz tudo para que se casasse comigo. Tudo, tudo, e sobre isto não quero nem pensar, fico cheia de vergonha. Mas, afinal, casamos. Cometi aí o grande erro da minha vida, agora sei, não posso mais ter dúvidas quanto a isso. Ele nunca teve amor por mim, nenhum tipo de amor, a não ser algum desejo físico, que em pouco tempo se rotinizou. Sou uma criada para ele, uma mulher que toma conta das suas coisas e com quem vai para a cama quando lhe dá na veneta. É uma coisa horrível, ir para a cama com ele, sentir o seu peso em cima de mim. Me sinto uma cadela, um ser desprezível e infeliz. Teve época em que eu não me incomodava que ele fizesse aquilo comigo, me procurasse na cama. Sentir prazer eu não sentia, mas não me incomodava e até queria, apesar de toda a brutalidade que ele punha no ato. Eu queria porque, apesar de detestá-lo e saber que ele não tinha por mim um pingo de amor ou carinho, ou compreensão ou respeito, eu queria porque aquilo era bom para o meu amor-próprio, me dava alguma serventia como mulher. Era tudo muito sórdido, reconheço, mas eu queria que ele o fizesse e fingia que gostava. Às vezes era até bom para a minha insônia. Ele também não me procurava muitas vezes; me procurava quando bebia ou quando trazia para casa um daqueles livros indecentes que costumava comprar e queria que eu lesse. Dizia para mim: "Lê, lê, isso vai te fazer bem". Mas eu me recusava a ler o livro, ali, na frente dele, como ele fazia comigo. Mas lia escondido quando ele saía para o trabalho, na banheira, onde me masturbava e esse era todo o prazer sexual que a vida me dava; depois da primeira vez, senti vergonha, mas só depois da primeira vez. Me acostumei a fazer aquilo e era bom, era bom, era melhor do que ter um homem sobre mim cheirando a álcool, grunhindo como um porco e que depois de saciado se virava para um lado, sem se limpar, sem dizer uma palavra, sem um gesto de entendimento. Ele roncava todas as noites, mas *nessas noites* roncava mais alto e eu o empurrava e ele parava um pouco e logo depois recomeçava a roncar e eu desistia de empurrá-lo e ficava ouvindo os sons roucos da sua garganta. Isso é que é amor?, pensava, e tinha vontade de chorar, mas não conseguia. Mas não tenho raiva dele, sei que não é o único homem assim, nem sou a única mulher que sofre essas coisas. Já até li isso num livro, igualzinho, do homem virar para o lado e ficar roncando depois do ato. Ainda ontem li um livro em que isso acontecia tal e qual como acontece comigo, só que tem que a mulher, frustrada, procura um amante, e eu seria incapaz de fazer uma coisa dessas. Nunca faria uma coisa dessas. Seria uma indignidade.

"Hoje está fazendo três meses que nos conhecemos."
"Hoje?"
"Hoje, sim, dia 23. Os homens não guardam datas, mas as mulheres guardam."
"Eu tenho péssima memória." (*Minha memória está em fitas magnéticas de 1.200 pés.*)
"Você está arrependido?"
"Arrependido?"
"De me ter conhecido?"
"Não, claro que não."
"Nem eu. Nós ainda não nos vimos, mas eu conheço você como se você fosse, fosse — meu irmão. Um irmão de quem eu gostasse muito."
"Você para mim é mais do que isso."
"Sou mesmo?"
"Mais do que uma irmã."
"O que eu sou? Diz para mim."
"Eu não sei dizer. Só sei que eu penso em você o tempo todo."
"Eu também, eu também penso em você o tempo todo. Você também é mais do que um irmão para mim."
(*Fita rodando, gravando nosso silêncio. Um longo momento.*)
"Eu estou muito feliz. Há anos que não me sinto tão feliz assim."
"Eu também, Alice."

"Meu nome não é Alice. É Alda. Há muito tempo que eu queria lhe dizer isso, mas fiquei com vergonha de confessar que havia mentido. Mas agora não me incomodo. Eu menti para você! Meu nome é Alda. Foi a única e a última mentira que eu disse para você. Nunca mais mentirei, meu bem. Nunca mais, eu sei que nunca mais."

"Não faz mal. Eu não pensava em você como Alice. Eu pensava em você como alguém, uma mulher, cuja voz eu precisava ouvir diariamente para poder ter alguma alegria na vida. Também menti: não sou de nenhum instituto de opinião."

"Se você soubesse como você é tudo para mim!"

"Eu sei. Você também é tudo para mim."

"Você mudou a minha vida, Jorge. Eu era muito infeliz, sabe? Meu bem, essa foi outra mentira que eu disse para você."

"Qual?"

"Lembra o dia em que te disse que era muito feliz com o meu, com o meu —"

"Lembro." (*Quantas vezes havia tocado aquela fita!*)

"Pois era mentira. Eu nunca fui feliz com ele. Nunca. E muito menos agora. Só você me dá felicidade. E sua voz, as coisas que você me diz, a sua lembrança que levo para a cama todas as noites e que me faz dormir um sono bom e tranquilo, só você, a quem eu amo, viu?, só você me faz feliz!"

Decidi abandonar meu marido. Não posso mais viver com ele. Talvez ele não se incomode muito com isso, não creio que ele goste de mim. Não somos sequer amigos, no sentido trivial da palavra. Ele não se interessa pelo meu bem-estar, não quer saber se estou feliz ou infeliz e quando estou doente me trata com impaciência, como se eu tivesse cometido algum crime. Nunca me levou para ver um filme que eu quisesse ver; só gosta de filme de cowboy, até dos piores, com artistas desconhecidos e histórias idiotas, sem o menor interesse a não ser para um menino de oito anos. Eu não me incomodaria se ele fosse um menino de oito anos. Mas ele nada tem de menino, é um homem, de pele grossa, gordo; e pensar que já foi magro alguns anos atrás. Além de tudo, é extremamente vulgar. As pessoas quando dormem, mesmo os homens, lembro-me de meus dois irmãos, têm um ar desamparado, frágil, doce e triste, mas não ele: o seu rosto fica ainda mais duro, mais ofensivo, seu corpo se espoja na cama como o de um bicho que estivesse digerindo uma enorme quantidade de comida repugnante; sua barriga gorda e cabeluda cai sobre a cama numa posição obscena, cuja visão causa o maior asco; ronca e sua, vestido nas suas cuecas largas. As cuecas são o seu uniforme. Mal chega em casa, se põe de cuecas; janta de cuecas e depois assiste à televisão de cuecas, tomando cerveja, duas, às vezes três garrafas. Estou casada com esse homem há quase dez anos. Ou eu o abandono agora ou nunca mais. A verdade é que as mulheres têm uma enorme capacidade de se acostumar às coisas sórdidas. Eu, por exemplo, sinto prazer com a raiva e o desprezo que tenho por ele; com as pequenas vinganças que exerço; com os enganos a que o submeto. Compenso desta maneira a vida ruim que levo, me satisfaço com coisas assim, como tirar dinheiro da sua carteira sem que ele perceba, ou inventar despesas de casa inexistentes, ou ainda deixar patente sua ignorância e falta de educação. Preciso fugir disso o quanto antes, o ódio que sinto está fazendo com que eu a ele me iguale e daqui a pouco não sei mais qual dos dois será pior que o outro. Que bom que eu tenha percebido isso a tempo, que no casamento o pior é que leva sempre a melhor, o parceiro bom é sempre destruído pelo mau, pois o vício é mais forte do que a virtude.

É preciso abandoná-lo. Preciso coragem para isso. Tenho rezado muito nas últimas noites, para ter forças para ir dizer a ele "não quero mais viver com você, não quero e não adianta pedir". Não lhe direi toda a verdade. Direi: "Nosso gênio não combina, minha vida é infeliz, você arranja uma boa mulher, é melhor eu ir embora, não quero nada de você, nem pensão nem nada". Arranjarei um emprego. Sei que meus pais ficarão muito tristes com isso tudo. Em nossa família nunca houve um caso de desquite. Principalmente minha mãe, que dá muita importância a essas coisas. Terei que conversar com ela antes, dizer-lhe que não posso continuar vivendo com Jorge, que serei mais feliz assim, muito mais feliz. Agora sei quais as qualidades que uma mulher deve buscar num homem: bondade, compreensão, paciência, caráter, decência.

(*Uma bola de papel que jogo na cesta.*
Afasto-me o mais possível para testar a minha pontaria. Acerto sempre.)
Trimmm!
Fhuh-fhuh-fhuh-fhuh-fhuh. (*Roda.*)
Tleckt. (*Tecla record.*)
"Alô?"
"Como vai?"
"Eu vou bem, e você?"
"Eu vou bem. Pensou em mim?"
"Muito."
"Eu também. Sem parar um instante."
"Pensei em você sozinha e em você em relação a mim. Pensei em nós dois."

"Meu bem, igualzinho a mim. Também pensei em nós dois. Antes eu ficava imaginando coisas assim como a cor dos teus olhos ou o jeito da tua boca, ou em como seriam os teus dedos e para tudo eu inventava uma coisa — os teus olhos eram verdes, tua boca tinha duas covinhas e era larga, de dentes brancos e certos, teus dedos fortes, de unhas limpas, tudo isso eu pensava e repensava, mudava a cor dos olhos, o formato da boca. Mas essas eram as coisas em que eu pensava no início. Agora isso já não importa, tudo que importa em você eu já conheço, não preciso mais imaginar: é a capacidade que você tem de fazer da relação entre o homem e a mulher alguma coisa digna e bonita. Espero que entenda, eu ainda não vi você nem estivemos juntos, mas posso desde logo prever tudo, você me entende, não? Sabe o que eu quero dizer com isso tudo, não sabe?"

"Claro, meu bem. Não precisamos nos ver para saber disso."

"Mas agora quero ver você, tenho uma coisa muito importante para te dizer e tem que ser pessoalmente, é melhor se for pessoalmente, não sei, sabe, como dizer isso pelo telefone. Alô, alô, Jorge?"

"S-sim."

"Pensei que você tinha desligado."

"Não... não, é que —"

"Não estou ouvindo nada, quer falar mais alto?"

"Eh... hum, eh..."

"Não estou entendendo nada."

"Não sei se já podemos."

"Podemos o quê?"

"Nos encontrar."

"Mas o que impede?"

"Não sei."

"Ah, meu bem, deixa de ser bobo, deixa de ser bobinho, nós vamos nos encontrar na rua, para conversarmos. Tenho uma coisa muito importante para te dizer."

"Você não pode dizer pelo telefone? Diz pelo telefone."

"Não posso. Quer dizer, posso, mas não quero, acho que devo te dizer isso pessoalmente, entendeu?"

"Não. Acho que qualquer coisa que pode ser dita pessoalmente pode ser dita pelo telefone."

"Mas, meu bem, eu quero encontrar com você, tenho essa coisa para te dizer!"

"Mas que coisa é essa tão importante que você não pode me dizer pelo telefone? Você parece criança, fazendo mistério e vai ver é uma bobagem à toa."

"Está certo, meu bem, esquece isso, eu não quero te irritar —"

"Eu não estou irritado, minha querida, palavra de honra, não estou mesmo. Sei lá, acho que saio tão pouco de casa que só em pensar nisso fico perturbado."

"Você quer então que eu vá aí?"

"Não!"

"Jorge!"

"Me desculpa, meu bem, eu hoje não estou num bom dia."

"Eu sei, querido, eu sei, querido, mas não se preocupe com isso não, viu?, eu entendo."

"Quem tem razão é você, meu bem; nós temos que nos encontrar mesmo, mais dia, menos dia. Olha! Você quer se encontrar, está bem, nós nos encontramos. Mas olha, eu não sou nada do que você está pensando, nada."

"Eu sei, meu bem."

"Você não sabe nada."

"Está certo, não sei nada. Você realmente está com um gênio

horrível hoje."

"Você sabia que eu, que eu..."

"Sim, meu bem..."

"Que eu..."

"Alô, alô."

"Eu..."

"Você está se sentindo mal, meu bem? Aconteceu alguma coisa?"

"Não, estou bem."

"Você está tão diferente..."

"Onde é que você quer se encontrar comigo?"

"Onde você quiser, meu bem."

"Não, você diz."

"Na praça, no centro, perto da estátua, daquela estátua que você diz ser muito feia."

"Quando?"

"Amanhã, de manhã, às dez horas. Está bem?"

"Está."

"Nem dormirei, pensando no meu encontro. Estou tão feliz, Jorge!"

"Até amanhã."

"Até amanhã."

(*Disquei o telefone.*)

"Mamãe?"

"Sim, meu filho, como vai você?"

"Vou bem."

"Vai bem mesmo?"

"Vou, mamãe, vou."

"Tua voz está diferente."

"Eu vou bem, mamãe, eu vou bem, mamãe, eu vou bem, mamãe."

"Está certo, não precisa me maltratar."

"Eu não quero maltratar a senhora. Só quero que a senhora mande o Pedro aqui amanhã."

"Você vai sair?"

"Mande o Pedro aqui amanhã, mamãe."

"Você vai sair?"

"Mande o Pedro aqui amanhã, mamãe, bem cedo."

Click.

Dormi mal a noite inteira. Acordei várias vezes. É sempre assim, quando a gente quer dormir não consegue. Estou numa idade em que não posso mais passar uma noite sem dormir, sem que isso apareça no meu rosto. Não que eu seja velha, ainda não tenho quarenta anos. Mas quando passo uma noite sem dormir, meus olhos ficam com olheiras e minha pele fica ruim, eu pelo menos fico com essa impressão. Houve uma ocasião em que me levantei e fui ver o meu rosto no banheiro; estava horrível, amarelo flácido e as rugas em volta dos meus olhos estavam fundas, chegavam a brilhar. Tenho amigas mais velhas do que eu cujo rosto não está assim tão vincado, mas elas levam uma vida mais feliz que a minha. Não há coisa que envelheça mais a mulher do que o sofrimento.

Jorge saiu às oito horas. Nunca demorei tanto a me vestir! E a me pintar também. Fiz uma pintura moderna no meu rosto, como dessas mocinhas que encontro em Copacabana, quando vou fazer compras. Tudo isso para nada. Esperei duas horas, duas horas contadas no relógio e Jorge não apareceu. Olhava ansiosa todos os cantos da praça vazia, esperando que Jorge surgisse a qualquer momento. Quando algum homem surgia, meu coração batia apressado. Jorge não apareceu. Uma chuvinha fina caía quando cheguei, mas não podia ser esse o motivo. A chuva nem dava para molhar, havia mesmo na praça uma babá com duas crianças e um paralítico numa cadeira de rodas, sendo empurrado por seu empregado. Jorge não apareceu. A praça ficou totalmente vazia, depois de algum tempo. A chuva aumentou de intensidade, estragou o penteado que eu custara tanto a fazer, molhou meu rosto e minhas roupas, mas eu nem senti, fiquei ali debaixo da chuva, esperando.

Depois fui para casa. Alguma coisa devia ter acontecido, alguma coisa de força maior, pois Jorge não faltaria se não fosse por um motivo muito importante. Liguei várias vezes, mas o seu telefone não atendia. Liguei o dia inteiro sem parar, até de noite, quando o meu marido chegou.

Tirrim. Tirrim. Tirrim. Tirrim. Tirrim. Tirrim.

(*Perto da janela vi o dia escurecendo muito lentamente.*)

(*Peguei o telefone. Disquei.*)

"Mamãe?"

"Meu filho, o que foi que aconteceu? Liguei para você o dia inteiro e você não atendeu."

"Nada, não quis atender o telefone."

"Você vive me assustando!"

"Vem aqui, mamãe, vem aqui, hoje."

"Sim, meu filho, vou imediatamente. Você quer que a mamãezinha ponha você para dormir, quer?"

"Sim, mamãe, quero, vem me pôr para dormir."

RELATÓRIO DE CARLOS

Gostaria de ser factual e cronologicamente exato. Mas, de algumas coisas já não me lembro direito, parece que nunca aconteceram, que foram sonhadas. Outras, porém, me angustiam, dói quando penso nelas, fico infeliz como se tudo fosse acontecer de novo.

Tudo começou mais ou menos na época em que meu pai estava sendo comido por um câncer. Ele era um homem magro, que falava baixo e tinha uma pose ascética e asséptica; e do qual as pessoas mal podiam se aproximar. (Seria uma defesa? A sobranceira dos homens fracos?) Me chamou no leito do hospital, isso depois de mandar que todos saíssem do quarto, e disse — (sua voz era um fio, um murmúrio, o hálito começava a esfriar e cheirava a coisa já morta).

Como contar essa confidência? Por que estou contando tudo isto? Afinal, seus últimos momentos foram tão próximos de mim que não deixa de ser uma sujeira eu estar aqui dizendo estas coisas. Mas é preciso. Ele começou falando na existência de uma outra mulher. A fala cheia de rodeios, metáforas, justificativas, e isso, na boca de um homem que morria e tinha muito pouco tempo, me parecia um absurdo. "Sim, sim, eu já sei, eu já sei", apressava-o, pois via sua palidez aumentando, adquirindo um palor de pérola velha. Mas nem por isso ele se tornava mais breve: eufêmico, persistiu naqueles meandros perifrásicos, infindáveis, até que revelou o nome da mulher e seu endereço. Eu já sentia que o fim era imediato, coisa de segundos, e me levantei para chamar os outros, quando meu pai fez um gesto, que devia lhe ter custado muito, para que eu ficasse: tinha mais coisas para me dizer.

O que já fora dito havia-me enchido de satisfação. Estabelecera entre nós, dois estranhos, algo em comum, um elo, além de fazer com que eu passasse subitamente a respeitá-lo um pouco. Em sua vida árida havia tido um segredo, um amor, ao qual se entregara.

Ainda ao meu ouvido e com maior esforço ainda, falou da existência de uma outra mulher. Haveria outras, além dessas duas? Não sei. Morreu antes de poder contar mais coisas. Ainda tive tempo de chamar o padre e o resto da família. Ele foi acabando aos poucos. Deixou de falar e ficou muito quieto, mal se percebendo a sua respiração. Várias vezes pareceu já ter morrido, e quando isso acontecia, as pessoas presentes choravam com mais vigor, até o médico lhes assegurar que o meu pai ainda estava vivo, quando então o choro parava, em estágios diferentes, cada vez um, como cavalos de corrida que tivessem a partida anulada pelo starter. Isso ocorreu repetidamente, até que os parentes passaram a olhar o moribundo com suspeita, com medo de serem enganados. Após um longo e tenebroso silêncio, meu pai abriu os olhos e me fitou. Na verdade, abriu um olho somente, o esquerdo, que ficou enorme como se tivesse incorporado o diâmetro do vizinho. Com esse olho ciclópico me fez um doloroso apelo, um pedido como quem diz, *cumpra a sua missão*; e nesse instante, pelo canto do insólito globo, escorreu uma lágrima, uma só, muito brilhante que correu rápida pelo rosto e caiu no lençol.

Às vezes fico pensando se Norma ficará idêntica às duas senhoras de cujo cuidar eu fora incumbido. Duas ruínas que choraram no meu ombro. Uma era funcionária pública, emprego arranjado pelo meu pai, a outra era professora de curso primário. Nenhuma delas inteligente. Ambas aposentadas. Talvez tivessem sido bonitas na mocidade, mas já era tarde para saber.

Não quero contar vantagem, mas nisso (e em outras coisas) superei meu pai, pois Norma não era uma mulher qualquer. Era uma mulher diferente, como veremos a seguir. Inteligente, bonita, apesar de um pouco dentuça, o que lhe dava, nos momentos em que tinha raiva dela, um ar um tanto quanto equino. (Brigávamos muito e nessas ocasiões ela tinha verdadeiros acessos. Jogava objetos pela janela, destruía coisas, dizia palavrões.) Mas ela era tudo para mim: a minha vida, a minha verdade, a minha biografia.

Naquele dia Norma chegou e disse que a minha mulher era feia e burra; que não era mulher para mim, que era uma burguesa (isso para Norma é uma ofensa); que ela, Norma, não queria continuar levando comigo aquela vida clandestina. Isso tudo num restaurante. (Pouco antes de entrar nesse restaurante, às duas horas da tarde, hora em que não tem mais ninguém, eu verificara, sozinho, se não havia algum conhecido; não havia, mas mesmo assim, escolhera uma mesa de canto, meio escondida. Isso a deixou muito irritada.) "Você é um pulha, um pusilânime, um sem caráter, um covarde, um mentiroso." O beiço arreganhado, os dentões enormes da frente aparecendo. "Você tem cara de cavalo", disse eu, desesperado. O que fez com que ela se irritasse ainda mais e jogasse — plaft — na minha cara um prato de azeitonas e rabanetes. (Os garçons me limparam como se nada houvesse acontecido e trouxeram um outro prato de azeitonas e rabanetes — plaft — que ela jogou também na minha cara e isso teria continuado indefinidamente se o garçom, ainda com um ar de que nada havia acontecido, não parasse de trazer azeitonas e rabanetes. Essa é a vantagem dos restaurantes de classe: nada surpreende os garçons, a não ser uma gorjeta pequena.)

Eu repeti que ela era minha vida, minha verdade, minha biografia etc., mas que precisava me dar tempo para que eu pudesse resolver meus problemas.

"Eu vou lá, eu vou lá, na casa da sua mulher nariguda." (O que era uma distorção dos fatos, minha mulher não é nariguda. Quando muito tem o nariz curvo de um pássaro; e os lábios finos, de uma pessoa de emoções controladas: isso sim, algo que merecia crítica, mas Norma insistia.) "Nariguda, nariguda, nariguda, nariguda." Tal persistência no fim perdia o sentido e adquiria um ritmo onomatopaico de refrão musical. (Um caso flagrante de verbalização de uma ideia fixa.) Norma suava, pálida, cansada. Segurei sua mão e disse: "Eu te amo, você é minha vida, minha verdade, minha biografia". "Pff", fez ela, como quem diz — isso não adianta nada. Repeti: "Você é minha vida, minha verdade, minha biografia". Tirei do bolso uns brincos de platina e brilhante, pelos quais ela fingiu não se interessar, após tê-los avaliado num rápido olhar. Isso permitiu que almoçássemos, mas evidentemente não solucionou o problema, como veremos a seguir.

Antes disso, porém, preciso falar a respeito desse meu amigo chamado João Silva, cuja participação nesse embrulho todo é muito importante. Ele estava no meu escritório, sozinho. Eu ainda não havia chegado. A secretária tinha ido ao banheiro, quando o telefone tocou e disso resultou o seguinte bilhete, pois João não esperou que eu voltasse: *Uma pessoa chamada Norma. Às 15:20. Perguntando por você. Uma voz macia, porém de grande intensidade. Sem dúvida uma mulher interessada em você, no homem. Uma fêmea que merece uma oportunidade, que quer uma oportunidade, que criará uma oportunidade.*

Agora, eu não vou dizer que ele foi o culpado de tudo, chamando a minha atenção para Norma, como uma fêmea interessada numa oportunidade. Isso eu já sabia, desde o primeiro dia em que ela apareceu no meu escritório com uma causa sem importância que normalmente remeteria para um colega e que, por querer vê-la novamente, aceitei patrocinar. Mas, depois do bilhete ("merece uma oportunidade, quer, criará etc.") admiti o fato, como uma fatalidade.

Mas a coisa se desenvolveu muito lentamente. Ela ia ao escritório e nos tratávamos da maneira mais formal possível. Primeiro a causa; depois outros assuntos; demoramos semanas a chegar a discutir pintura (do que ela nada sabia, diga-se de passagem). No fim de seis meses estávamos falando do amor e tive o meu primeiro contato físico com ela. Estávamos num restaurante, pela primeira vez. (Essas coisas começam muito num restaurante. Quando um homem e uma mulher estão num restaurante — e ela, 1º) não é a mulher dele; 2º) não é velha nem feia — isso significa que um processo erótico qualquer está em curso.) Estávamos num restaurante. Pedimos langouste à la thermidor, quando na verdade eu queria comer um picadinho de quiabo que aquele restaurante fazia muito bem. Nenhum dos dois comeu muito, mas isso também foi pose, pois ela comia como uma piranha e não é à toa que eu tenho uma certa barriga incompatível com a minha idade. Ela é magra, apesar de ingerir enormes quantidades de comida, várias vezes por dia. (Uma tênia?) Depois, enquanto fumávamos, eu tirei o celofane que envolvia o maço de cigarros e o enrolei lentamente até fazer uma haste fina, com cuja ponta comecei a desenhar coisas invisíveis na toalha da mesa, até chegar à mão de Norma. Senti que sua mão se entregava àquela carícia vicária e por momentos ambos ficamos possuídos pelo maior encantamento.

Depois desse encontro vi que a coisa não ficaria naquilo. João Silva dizia: "Essa mulher quer ir para a cama contigo". Eu retrucava: "Você acha? Você acha?". Dizia ele: "É claro". E eu: "Por quê?". Então João explicava que aquele tipo de mulher não se contentava com contatos espirituais etc. "Você acha?", insistia eu. "Ela anda louca para trepar contigo", continuava ele. "É mesmo? Você acha? Por quê?" — e isso durava horas, até que João se chateava, me mandava à merda e dizia: "Arranja logo um lugar para levar essa dona, deixa de ser bobo".

Então me decidi.

O apartamento que montei para os nossos encontros era assim: nas paredes, cópias de bom gosto, um Braque, um Rouault, dois Picasso, um Miró e um Modigliani. O chão todo forrado, em grafite, aparelhos de som, discos (eruditos modernos, popular francês, folclórico espanhol, cantochão). Uma estante com livros (poemas, Sade, alguns eróticos, livros de arte). Uma geladeira. Todas as bebidas existentes. Um gravador, tão sensível que podia até captar a batida dos nossos corações apaixonados e onde, enquanto um esperava a chegada do outro, gravávamos a saudade que sentíamos, a angústia da espera, o desejo que nos consumia; e onde ainda registrávamos o som que fazíamos e as palavras que dizíamos enquanto amávamos na cama e no chão e na banheira, com água quente sendo continuamente renovada, estimulando e acalmando ao mesmo tempo. Ficávamos horas, na banheira, beijando um o corpo molhado do outro, o gosto da água nas bocas, inventando posições e retempero e deleite.

Melhorei também o apartamento em que ela morava. Era um apartamento velho na avenida Atlântica, com sala, quarto, banheiro e cozinha pequena. A primeira vez que entrei lá, fiquei surpreendido com a imundície. Ela dormia num sofá-cama que devia ter sido verde, mas que depois de tanto uso ficara marrom. Descobri que ela dormia sem lençol e mesmo sem travesseiro (usava uma almofada velha e fedorenta para apoiar a cabeça). Na sala, uma porção de cartazes pelas paredes (um enorme de *Bonjour tristesse*; um anúncio de tourada espanhola, muito vermelho) mas todos soltos nas pontas e sujos. A privada tinha uma marca esverdeada na altura da linha d'água.

Com o seu corpo, porém, ela tinha maiores cuidados. Sua aparência externa era boa, seus vestidos eram sempre bem-feitos, seu corpo limpo, a não ser por algumas manchas de nicotina nos dedos. Sua roupa íntima era quase sempre azul, de nylon (calcinhas rebuscadas, rendadas, com coisinhas dependuradas para dar não sei que efeito). Seus dentes eram bons, talvez grandes demais, os da frente. Não tinha mau hálito, a não ser pela manhã, mas isso todo mundo tem. (Uma coisa que eu sempre achei engraçada no cinema é essa história de os amantes acordarem e se beijarem furiosamente na boca antes de escovarem os dentes, ou comerem alguma coisa. Na manhã do primeiro dia em que dormi com Norma tentei fazer isso; acordamos às nove horas da manhã, meu braço sob o seu pescoço; estávamos estreando o apartamento montado recentemente: da parede, a mocinha de Modigliani sorria para nós, o cavaleiro verde de Rouault estava muito bonito montado no seu cavalo, as rodelas de Miró giravam, vermelhas e azuis; um filme em tecnicolor; então me lembrei do cinema e beijei na boca; senti o gosto viscoso das nossas salivas velhas; em cima disso ela me perguntou: "Você me ama?", com o rosto ainda colado ao meu, um mau hálito horrível; "Amo", disse eu, levantando-me rápido da cama.)

Quanto aos órgãos internos: tinha um bom estômago e um fígado apenas regular (se bebesse além da conta ou cheirasse lança-perfume, como gostava, acordaria no dia seguinte "varrida de dor de cabeça"); rins bons, ovários também bons, na medida em que pouco a incomodavam. Eu achava que ela era estéril, apesar de nunca ter tido coragem de botar isso à prova, muito ao contrário, forçava-a a tomar todas as cautelas, pois não pretendia ter um filho bastardo ou obrigá-la a um aborto. "De maneira nenhuma permitiria que você fizesse um aborto", costumava dizer para ela, até que um dia ela me disse que desconfiava que estava grávida.

Era um dia de grande sol. Norma estava com uma péssima disposição. "Morrer assim, num dia assim, de sol assim", ia repetindo ela, desesperada. "Cale a boca", disse eu, "ele não vai fazer nada, vai só te examinar. Além do mais, nós dois detestamos Olavo Bilac." Larguei-a na porta do edifício, nem mesmo saltei do carro. "Você vai me deixar ir sozinha a esse açougueiro?", perguntou ela. "Ele não é açougueiro", disse eu, "é o melhor que tem, um bamba, um ás, professor da faculdade", além de um explorador das aflições alheias, acrescentei em pensamento, pois João me dissera o preço que ele cobrava. Esse foi um dia em que todas as coisas deram erradas. Ao saltar do carro ela pisou num monte de merda de cachorro na calçada. Meu Deus, temi que ela tivesse uma coisa, arrebentasse uma veia, parisse o filho ali mesmo, na frente de todo mundo, mas Norma se controlou e me disse entre os dentes, aqueles dentes enormes da frente, "viu, viu?, seu verme, canalha, nojento, não quero nunca mais te ver, nunca mais" e saiu arrastando os pés pelo chão a fim de limpá--los das dejeções caninas.

Recompondo o que Norma me contou da sua entrevista com o médico, dá um relato assim: uma sala de espera cheia de fotografias, de diplomas e certificados de comparecimento a congressos de medicina em todo o mundo. Outras mulheres na sala e todas, para surpresa e irritação de Norma, tinham um ar calmo, liam revistas tranquilamente. Norma roía unhas. O que serão?, pensava, veteranas? insensíveis? Demorou um século até que foi chamada. O médico tinha uma cara de gângster, à George Raft, cabelo preto, emplastado para trás. Ficaram frente a frente na sala de consultas. "Seu nome?", "Luana", inventou Norma, que se nascesse de novo gostaria de se chamar Luana. "Luana de quê?", perguntou o doutor Raft. Foi nesse momento que ela sentiu o cheiro ruim que vinha do seu sapato e disse "Vanderbilt". Ela também queria ser uma Vanderbilt, mas isso estava escondido lá no fundo e fora preciso um trauma forte como aquele de estar num consultório médico cheirando a merda de cachorro para a coisa vir à tona. George mandou ela tirar a roupa e deitar em decúbito dorsal, numa mesa com dois suportes, onde ela apoiaria as pernas levantadas. Foi um exame penoso. George colocou umas luvas amarelas, lentamente, criando um suspense intolerável. Depois enfiou a mão, a mão toda, por dentro dela e com a ponta do dedo tocou o seu útero.

(Aqui eu cortei o seu relato.) "Mas pensei que você ia fazer primeiro um exame de urina."

Isso ela fez, mas foi depois que George Raft a submeteu a toda sorte de humilhações. E fez sermão: "A virtude destrói a mente, o pecado destrói o corpo", parecendo muito satisfeito por ter inventado frase tão desalentadora. E queria também o seu quinhão: "Minha filha, você não deve se meter com qualquer um; você precisa de alguém que saiba tomar conta de você, que trate de você" etc. (Aqui abro um parêntese na narrativa de Norma, para fazer uma pequena digressão sobre o caráter do homem. Quando Sicrano ouve dizer que Fulana está indo para a cama com Beltrano acha logo que Fulana pode também ir para a cama com ele. Essa é uma presunção das mais falsas, desde que seria preciso que Sicrano pagasse a Fulana o mesmo que Beltrano; ou então, que para Fulana, Sicrano lesse, como Beltrano, os poetas; ou então, que Sicrano pudesse arranjar para Fulana o emprego público que Beltrano prometeu; ou então, que Sicrano desse a Fulana os graus que Beltrano lhe dará para passar nos exames; ou então, que Fulana sentisse por Sicrano a mesma atração física que por Beltrano; ou então, que como Beltrano, Sicrano tivesse sido companheiro de viagem transatlântica de Fulana; ou então, que Sicrano, como Beltrano, tivesse tocado piano para Fulana; ou então, que Fulana, da sua janela, fosse vista por Sicrano como por Beltrano; ou então, que Fulana tivesse sido de Sicrano, a cliente que foi de Beltrano; ou então, tal como

Beltrano, Sicrano pudesse ler a palma da mão de Fulana; ou então, que apresentasse Sicrano a Fulana, como Beltrano, um olho azul e outro castanho; ou então, que Sicrano, à maneira de Beltrano, pretendesse não gostar de Fulana.)

"Alguém que trate de mim? Como?", perguntou Norma, fingindo de inocente. (Ah, a vaidade das mulheres! No fundo ela estava satisfeita com o interesse de George.) "Fui dando corda para ver ele se enforcar." E andou se encontrando com o doutor Raft para fazer não sei o quê, mas isso só descobri mais tarde. Desconfiei. Dela eu não podia ter certezas. Desconfiei, desconfiava, mas não fazia cena, eu era um homem superior, era preciso que essa minha imagem de homem superior ficasse na mente dela, o absoluto, o príncipe, o poderoso, o poeta, o mão no manche, o fulcro das coisas, o presença avassaladora, o luz.

Era um rebate falso. Nem mesmo gravidez psíquica, apenas um distúrbio fisiológico. Mas que começou a levar as coisas para um caminho terrível.

Sejamos justos, o que ela poderia querer mais? Tinha tudo, não tinha tudo? A mulher quer segurança: dei segurança, comprei para Norma o apartamento em que ela residia; dei joias; dei roupas; dei móveis; dei objetos de arte; dei livros; dei ações da companhia de cerveja; dei terreno em Teresópolis. A mulher quer amor: dei amor, fi-la uivar como uma gata, rapsodiei, acendi vulcão, amansei volúpias, jurei, servi, escrevi (versos), exauri. Mulher quer diversão: dei diversão, levei-a a ver o Rio, encontrar recantos de sombra e encanto, descobrir fachadas antigas, praias virgens onde tomamos banhos nus: mostrei-lhe a aurora e onde era o pôr do sol; a sombra da árvore numa manhã de maio; dei-lhe viagens pelo Brasil, banho de cachoeira, passeio de jangada, comida típica, folclore, hotel de luxo. Mulher quer se refinar, refinei-a, mostrei-lhe as *Duineser Elegien*, a arte dos bosquímanos, teorias econômicas, Freud e Toynbee, Commedia Dell'Arte e Wittgenstein, tragédia grega e astronáutica. Chardin e Pound, coisas que fariam dela uma estrela nas conversas de coquetel. Fiz para ela uma assinatura da *Connaissance des Arts*. Tinha tudo, não tinha tudo?

Voltemos ao restaurante. Foi naquele dia que ela começou a ficar com raiva de minha mulher. Primeiro dizendo que minha mulher era feia, nariguda e sem peito; que era seca como um bacalhau; que era fria. E depois dizendo que ela era uma burguesa ignorante. Ainda mais: "Não sei como você pode viver com uma mulher dessas, uma mulher de quem não gosta. Por que vive com ela? O que te obriga a viver com ela? Ninguém é obrigado a viver com alguém que não gosta". Eu explicava que estava enredado em uma conjuntura social que me obrigava a um determinado comportamento que não permitia o ato de abandonar a família. Mas não havia jeito de ela entender isso. Me deixou sozinho no restaurante, apesar da joia que lhe dei. Fiquei sem vê-la vários dias, até que recebi uma carta:

Carlos Augusto

Percebo que desejo infelicidade às pessoas de quem realmente gosto. A felicidade destrói o anjo que somos. É mórbida, para a vida do espírito. As mulheres de Gauguin têm no gesto o que eu quero ser. Talvez "le beau regard des gens privées de tout". Pedir a alguém que ame realmente alguém, é muito melancólico. Pedir é melancólico. Mas dar o é ainda mais.

Fabricarei uma solidão externa, para que a minha interna e enorme solidão não se quebre contra o mundo.

Adeus,
Norma

Isso estava escrito.

Respondi:

Norma

Eu te amo. Ouça o gravador.

Carlos

Fui para o nosso apartamento e liguei o gravador e disse: *"Norma, você é minha vida"*. Apertei o botão stop. Olhei a menina de Modigliani. Ainda tenho o quadro, nestes últimos instantes. Na boca redonda o lábio de cima é mais grosso e somente se veem os dentes de baixo; tem duas tranças finas que caem sobre os ombros, mas não muito longamente; seu pescoço é esguio, como uma palmeira; seu rosto tem o formato de uma pera e sobre a fronte espalham-se cinco estiras finas de cabelo. Seu colo franzino é coberto por um vestido alaranjado desbotado. Teria ficado mais tarde uma matrona gorda, sem esse ar de espanto tranquilo no olhar? Uma mulher velha e paciente como as amantes de meu pai? (Uma velha gorda e flácida? Flácida: a enxúndia sob a pele de vários tons pálidos, da cor de galinha depenada e destripada, na geladeira. As mulheres velhas só deveriam ser vistas e beijadas pelos netos de seis anos. Escondidas dentro de uma sala de sombra e silêncio, onde somente as crianças entrassem por momentos e as mão feitas de rugas e cansaço e desânimo lhes dessem balas e brinquedos e propiciassem um abraço muito rápido cheirando a mofo.) A fita do gravador correu um pouco até que eu continuasse: "A vida é breve", stop, "Norma, a vida é breve". (Stop, *Ars longa, vita brevis*. Pensar que a vida é breve, breve, breve, breve, breve, breve, breve.) *"Vamos fazer uma viagem, meu bem. O roteiro barroco, ou se você preferir a Bahia, ou Cabo Frio. Você escolhe. Vamos fazer um exame da nossa situação, descobrir a nossa verdade verdadeira."*

Ela gravou (sem que eu visse):

Eu, somente eu, preciso descobrir a verdade verdadeira. Irei à Bahia, mas sozinha. Conversaremos na volta. Peço que você me arranje o suficiente para a viagem. Não sei quanto necessitarei para dez a quinze dias, mas você deve saber. Até a volta!

A viagem de Norma para a Bahia me deu um grande alívio. Permitiu que eu desse mais atenção ao meu trabalho. Às vezes eu ficava com Norma a tarde toda e deixava de comparecer a uma entrevista marcada com um cliente.

Durante o tempo em que ela esteve na Bahia a minha vida ficou mais calma, pelo menos a primeira semana. Depois começou a me dar um medo de que ela não voltasse mais, ou conhecesse algum homem por lá e me esquecesse — mas isso não podia acontecer, o amor não acaba de repente, da noite para o dia. Que ela me amava eu não podia ter a menor dúvida. Escrevi-lhe perguntando quando é que ia voltar. Respondeu-me que não sabia; que havia feito amigos maravilhosos na Bahia; que estava sem dinheiro.

Amigos maravilhosos na Bahia? Mandei-lhe dinheiro, para mais quinze dias. Uma semana depois ela estava sem dinheiro novamente. "Aqui tudo é muito caro; o hotel é bom, mas custa os olhos da cara." Mandei dinheiro. Ficou lá três meses — eu mandando dinheiro. No fim do terceiro mês ela me escreveu falando a respeito de Raimundo Castro de Albuquerque.

Ele não é criança. É muito mais velho do que eu. É inteligentíssimo. Não sei bem se é bonito, mas as mulheres o adoram, todas, sem exceção. Já foi casado. Tem sempre uma ou duas mulheres andando atrás dele, pajeando-o, adorando-o, servindo-o. Ele aceita isso tudo casualmente, com grande nonchalance.

Mostrei a carta para João Silva. "Você acha que ela está tendo alguma coisa com esse cara?", perguntei.

João Silva não conhecia o sujeito, mas disse: "Se ela ainda não foi para a cama com ele irá a qualquer momento". "Por quê?", perguntei. "Porque ela é promíscua. Qualquer homem que passar perto e ela achar interessante ela... " Cortei: "Você é maluco, onde foi descobrir teoria mais idiota". João: "Não quero bancar o Iago para cima de você, mas essa dona é fogo. É o temperamento dela".

Se isso era verdade, o culpado era eu. Ela queria ser minha esposa, minha mulher, mãe dos meus filhos, e eu não deixava. Minha esposa era outra, que me esperava em casa num silêncio ferido sem misericórdia, que não me amava, mas queria viver comigo para o resto da vida, porque assim é que as coisas tinham que ser e ela só fazia o que tinha que ser, não importa o que doesse, pois doeria muito mais romper os contratos, abandonar os valores consagrados, os padrões usados, a aprovação dos parentes, amigos e vizinhos. Era uma mulher que me esperava na sala em penumbra, sentada, imóvel, numa poltrona no canto mais escuro da sala, como uma coisa já morta e no entanto mortífera; e nem se virava para me ver quando eu entrava, acompanhava meus movimentos com os ouvidos; e quando eu chegava em frente ao rosto dela, ela me olhava com um olhar que me dava pena e medo, um pouquinho de pena e muito medo. Eu tinha medo dela. Todo marido tem um pouco de medo da mulher, mas na maioria das vezes por outro motivo que não o meu. Têm medo de irritá-la e transformar a vida em comum, que não querem romper, num inferno de lamentações e ressentimentos. Meu caso era diferente. Eu tinha medo físico dela. Não de ser agredido, ela seria incapaz disso. Mas medo da sua força moral, das suas sombras e dos seus silêncios, do desprezo que ela sentia por mim. Do seu surdo encarniçamento.

João Silva voltou da Bahia, onde fora a meu pedido, dizendo que Norma iria se casar com o tal Raimundo de Albuquerque.

"Pelo amor de Deus, não me deixe sozinho", disse eu agarrando João pelo braço, quando ameaçou saltar do carro parado onde conversávamos. "Pelo amor de Deus", insisti. "Ora", disse ele, "a dona vai casar e pronto, deixe pra lá; ela quer casar, não quer? Então que se case; azar desse cara, vai ser mais um corno na praça."

"Mas o amor não acaba assim de repente. Ainda outro dia você disse que o amor não acaba de repente. Precisamos fazer alguma coisa, João. Gasto todo o meu dinheiro."

"Você já gastou com ela mais do que ela merece. Uma provinciana simplória que você sofisticou e que agora quer ser madame."

"Pago o que for preciso."

"Olha aqui, com o dinheiro que você já gastou com ela eu comia a rainha da Inglaterra."

"Você não entende: ela é o meu amor, a minha vida —"

"A sua biografia."

"Estou falando sério."

"Você está chateado porque ela te deu o fora. Puro orgulho. Arranja outra, há milhões de mulheres de todos os tipos, nesta cidade. Arranja outra."

"João, ela é a minha vida."

"Bolas, não vamos começar tudo de novo."

"Então eu a perdi mesmo? Isso não é possível, não acredito, quem pode fazer com ela aquilo que fiz, amá-la como eu amei, dar a ela inteligência e brilho, improvisar coisas novas a cada instante, manter a alegria de viver em sustenido?"

"Deixa de lero-lero. Seja homem. Você é um imaturo."

"O que é ser homem? É não sofrer?"

"Ser homem é aceitar o irremediável."

"Sem ela a minha vida é um vazio. Não terei coragem de voltar para casa. Eu devia ter abandonado tudo, casado com ela no Uruguai, se era isso que ela queria. Mas fui um covarde."

João saiu do carro. Em pé, do lado de fora, disse:

"Quem sabe se a coisa toda não dá em água de barrela?"

"Como?"

"Esse casamento fracassa, isso acontece, o sujeito já não é criança, gosta de trocar de mulheres."

"E daí?"

"Daí, se isso acontecer, certamente ela volta para você. Ela gosta de viver bem."

"Isso não me interessa. Se voltar eu me recusarei a aceitá-la."
"Está perfeito."
"Mas você acha que ela volta?"
"Não sei. Especulo, apenas."
"Quanto tempo você acha que demorará para isso acontecer?"
"Mas você não disse que não está interessado?"
"Quanto tempo?"
"Seis meses, um ano..."
"Tanto assim? Não aguentarei tanto tempo assim. Mas o que lhe dá tanta certeza de que isso irá acontecer, a separação dos dois?"
"Não disse que tenho certeza. É uma hipótese."
"Mas João, meu irmão e único amigo, você nunca erra."
"Às vezes erro."
"Não, você nunca erra. Em seis meses ela estará de volta e aí nunca mais a perderei, você verá."
"Não sei. Essa dona é uma neurótica, os neuróticos são fornalhas que queimam tudo, inclusive a fornalha. Raimundo perde, Carlos perde, ela perde, todos perdem. Toma nota, o melhor é você arranjar outra."
"Mas não quero outra. Quero ela."
"Então está bem. Até logo. Estou com pressa."
"Mas ela volta? Em seis meses? Volta?"
"Volta."
"Você não está dizendo isso para se ver livre de mim, está?"
"Estou. Mas ela volta."

Ao escrever este relatório, *currente calamo*, não corro riscos.

Tudo de ruim que podia acontecer comigo já aconteceu. Já aconteceu?

Se me perguntassem "se você fosse escritor o que gostaria de escrever", eu responderia imediatamente: a *Ars amatoria*, de Ovídio. Mas o que faço, todavia? Escrevo, quando muito, uma torpe Remedia amoris, um tratado de dor de cotovelo, um mapa de compensações, já que não tenho capacidade de ensinar os outros a amar. (Saberei ensinar a esquecer?)

Depois que Norma iniciou o seu breve episódio epitalâmico com Raimundo, a tristeza desceu sobre mim; tornei-me um daqueles sujeitos que nas festas se enrustem num canto e procuram disfarçar sua incapacidade de comunicação com um sorriso mecânico e paciente. (A dor funda, mas só a funda, faz as pessoas serem mais pacientes.)

Teve mesmo um dia que aconteceu uma coisa que nunca pensei acontecesse comigo. Eu estava sozinho. Em determinado momento fiquei pensando em Norma com tal intensidade que comecei a ficar sem ar, com a sensação de que o meu coração ia parar, o que devem sentir as pessoas prestes a morrer. Então subitamente comecei a chorar. Havia uns trinta anos que eu não chorava; é uma coisa estranha que preciso contar em detalhes. Após algum tempo os olhos se fecham; você sente as lágrimas molhando o seu rosto e uma sensação de alívio como se você fosse um homem envenenado e uma veia se abrisse e lentamente pusesse para fora todo o sangue ruim, fazendo-o sentir-se melhor a cada gota que saísse — mais leve, mais bom, mais puro, mais digno, mais feliz na sua automisericórdia. Depois disso (se você está sozinho) você sente vontade de gemer um pouco e suspirar fundo e fazer umas caretas de dor, contrair o rosto fechando os olhos com força, como se estivesse frente a um espelho ou a uma câmera cinematográfica. É um abandonar-se à dor que faz a dor doer menos. A dor a seco é pior. Aqueles que sofreram, no enterro, no hospital, no quarto solitário, nas prisões, no internato — esses me entendem.

Mas eu estava assim, pensando em Norma cada segundo, sem parar, dizendo para mim mesmo que ela só se entregava a Raimundo por dever e eu mesmo respondendo que ela não era capaz de fazer uma coisa dessas, pois um milhão de fatores podiam condicionar o seu comportamento, menos o dever. "É um ser dominado pelo gonádico e não pelo deontológico", dizia para os meus botões. Uma coisa horrível, essa masturbação a que me entregava. Pensava: É um erro supor que os homens de cinquenta anos têm menos capacidade sexual. Aliás, o sujeito mais capaz, nesse sentido, que conheço é um camarada que já passou dos cinquenta. Há ocasiões em que para poder satisfazer o monte de mulheres que possui ele é obrigado a se encontrar com duas no mesmo dia, uma de tarde e a outra à noite, a todas proporcionando um tratamento dos mais generosos.

Mas, se me perguntassem, eu queria ser Ovídio; e que minha única pena fosse o banimento para Tomi; não só porque banimento para Tomi, ou o que Tomi representa no meu mundo, seria uma pena inferior à que acabei (como veremos) sendo condenado, mas também porque eu poderia retirar das atividades de oblívio, a que ávido me entreguei, um fruto mais doce, ou pelo menos mais eficaz.

Tristeza de amor se cura com amor, dizem. Por isso resolvi procurar outro amor, enquanto Norma não volta.

Eu estava numa livraria e a primeira coisa que me chamou a

atenção nessa garota foram as suas pernas. Longas, sólidas, com essa tonalidade que a carne de algumas louras adquire ao sol após molhadas com água salgada; o osso da canela não aparecia, carne, tíbia e perônio integrados num macio contorno. Subindo do seu pé direito ligeiramente arqueado (dentro de um sapato limpo e leve) as linhas do seu corpo se desenvolviam com incorruptível simetria; seus gestos eram lentos, de um langor econômico, como um gás se expandindo; seu rosto, um rosto de vitral, composto pelo azul dos olhos e pelo ruivo dos cabelos de fundo-de-tacho--velho-de-cobre. Um ser humano fundamentado numa sinergia perfeita. Certas mulheres não são nada mais do que um bípede mamífero. Aquela não. Aproximei-me e perguntei:

"Posso ajudá-la?"

Olhou-me casualmente.

"Pois não. Procuro um livro de boas maneiras."

"Boas maneiras... hum... Deixa eu ver..." Eu estava um pouco nervoso. Teria ela me tomado por um vendedor da livraria? Mas como? Tenho eu por acaso cara de vendedor de livraria?

"Um que não esteja superado", continuou ela.

"Um que não esteja superado", repeti. Raios, eu estava realmente nervoso.

"Exato."

"Bem, a senhora sabe, todos os livros de boas maneiras já saem superados das tipografias. As boas maneiras mudam vertiginosamente; o que é certo hoje é errado amanhã. Isso significa que as boas maneiras não existem. Em termos absolutos."

Ela sorriu. "Não é o que diz mademoiselle Denise. Presumo que o senhor não trabalha aqui. Muito obrigada, com licença", e foi-se retirando. Pus-me à frente dela. "Quem é mademoiselle

Denise? Eu me chamo Carlos Augusto."

"Senhor Carlos Augusto, eu preciso realmente comprar um livro de boas maneiras. O senhor sabe quantos copos são colocados à frente do conviva em um jantar de cerimônia? A diferença entre um garfo de peixe e um garfo de crustáceo?"

"Não. Quer dizer, o garfo de crustáceo tem três dentes compridos, como aquele usado pelo Diabo, que, diga-se de passagem, não é conhecido como comedor de crustáceo. Quanto aos copos, vejamos, um de água, um de vinho, outro de vinho, outro de licor, outro de sobra — sei lá, ninguém precisa saber essas coisas, com exceção dos maîtres e dos copeiros."

"Mas eu preciso saber. Com licença."

"Quem é mademoiselle Denise?"

"Minha professora de boas maneiras."

"A senhora não precisa de boas maneiras. A senhorita tem as melhores boas maneiras que alguém pode ter."

"Mas o senhor não parece tê-las."

"A senhorita tem toda razão. Posso lhe adiantar inclusive que este meu comportamento, sob todos os títulos reprovável, me surpreende muito. Nunca fiz isso anteriormente, em toda a minha vida. Sejamos práticos. Peço-lhe uma chance de reabilitação. Aqui está o livro que a senhorita deseja, de um autor consagrado em todos os quadrantes." Coloquei em suas mãos o livro de Marcelino de Carvalho, que estava sobre o balcão.

Ainda que pareça incrível, é assim, com uma troca de palavras imbecis, que começa um caso de amor. Como é fácil iniciar-se um caso de amor. Basta seguir-se algumas pequenas regras.

É essencial em primeiro lugar que o sedutor tenha confiança em si mesmo. Em segundo lugar que seja paciente e atencioso.

E que seja cuidadoso com o seu corpo e com seu espírito. (Não deve esquecer-se de que a atração do espírito é a única duradoura.) É preciso presentear a mulher amada, mas de forma a dar-lhe prazer sem despertar a sua cupidez, pois o verdadeiro amor não deve ser baseado em vantagens materiais. Isso tudo está no Ovídio e é uma pena que eu o tivesse lido somente depois que Norma se casou com aquele Raimundo. (É bem verdade que a *Ars amatoria* tem conselhos para seduzir cortesãs, mas seus ensinamentos podem, muito facilmente, ser utilizados na sedução de mulheres casadas. Devia eu seguir imediatamente para a Bahia?)

Depois de algum tempo Teresa estava frequentando o meu apartamento. Tinha dezenove anos e cursava na escola de modelos. (Onde aprendia boas maneiras, entre outras coisas.)

Mas por que não acabou servindo como substituta? Não sei. Queria ficar grudada em mim o tempo todo. Não deixava que eu me levantasse da cama para preparar um uísque, escrever uma palavra de uma petição urgente. "Por favor, eu tenho que escrever, me deixa levantar." Ela trançava as pernas nas minhas, me abraçava com força, enquanto sua língua lambia minha orelha. "Me deixa, me deixa, é urgente, daqui a pouco a gente brinca como Macunaíma." Ela me agarrava com mais força, parecia um campeão de luta livre, imobilizando seu adversário. "Quem é Macunaíma?" "Sua burrinha, Macunaíma — a brincadeira dele era igual à nossa, mas agora eu não quero brincar, eu preciso escrever, olha os papéis em cima da mesa."

Mas não adiantava. "Estou sem forças para me soltar de você." Quatro horas de sexo. "Estou sem forças." Ela: "Eu te dou forças". Seus braços em torno do meu pescoço pareciam de ferro. "Eu te amo", disse ela. "Daqui a pouco, agora preciso fazer uma petição", respondi. Ela continuava me abraçando. "É sério, meu bem, me solta." Nada. "Você faz ginástica? Vai ser forte assim no inferno!" Ela ria. Fui lentamente, com grande esforço, tirando as mãos dela das minhas costas, imobilizei-a, sentando sobre o seu abdômen. Ela começou a mexer ritmicamente o seu baixo-ventre. "Meu bem, depois." Ela: "Agora, sempre". Pulei de cima dela e saí correndo pelo quarto. Ela correu atrás de mim, dependurou-se nas minhas costas. "Por favor, por favor, pelo amor de Deus, tenho que fazer uma petição." "Não", disse ela, "eu não te solto." Grudou-se nas minhas costas. Estávamos na porta do banheiro. "Me larga, quero fazer xixi", implorei. (Senti uma certa vergonha ao dizer isso, foi um ato de desespero.) Ela me largou. Entrei no banheiro. Fiz xixi abrindo a torneira da pia, abafando o barulho vil com um som mais digno. Quando saí ela me agarrou novamente. "Dez minutos somente, me dá dez minutos somente", pedi. Ela sentou no meu colo enquanto escrevia a petição. "Assim eu não posso, puxa vida!" Afinal ela me largou, não sem antes tirar a toalha que eu tinha em volta da cintura, me deixando inteiramente nu. Deitou-se na cama me olhando com raiva; seus olhos azuis brilhavam como maçarico de derreter aço; deitada de bruços, a leve curva da espinha terminando suavemente no cóccix, os cabelos úmidos de suor do amor feito ainda há pouco, na ponta do seu braço longo entre os seus dedos longos um cigarro que ela fumava com lentidão deliberada. Cada tragada era como se também os seus poros se abrissem, ansiando por mim. Deitei-me ao seu lado. Agarramo-nos. "Eu te amo, meu amor", disse ela, com voz rouca, "diga que me ama." "Eu te amo." No fundo da minha cabeça, alguma coisa dizia *não posso mais, não posso mais*. Meu joelho doía. Senti os meus braços como se tivessem afinado e perdido a força.

Minha boca estava seca, meu estômago embrulhado. Se respirasse fundo, meu pulmão doía. O corpo suava. Foi um orgasmo seco e ardido. Esgotado, arriado, vazio, levantei-me da cama para cair no chão do banheiro.

Ela exigia demais do corpo e pouco do espírito. Mas não era burra, ou sem sensibilidade, era uma força da natureza, uma leptossomática invencível, da qual eu não daria conta, uma turbina voraz, longilínea, assustadora, genial, única, jovem, explosiva, consumptiva, destrutiva. Voltei para a cama, para junto dela, e aninhei-me nos seus braços, limpo e puro, como se ela fosse a minha mãe. E ela acariciou lentamente os meus cabelos e eu olhei os seus olhos: ela sorriu, e eu fechei os meus olhos; era bom sentir o olhar dela sobre as minhas pálpebras fechadas; quando eu abria os olhos ela ali estava, protetora, velante, como a dizer, *esquece, dorme descansado*.

Quando saímos do apartamento a cidade já estava deserta. Andamos pelas ruas até que deparamos com seis homens em volta de uma bolsa preta de couro no chão, cantando. Havia também uma mulher, um pouco afastada. Cantavam: "Ele deu o sangue, deu o sangue sim, o seu sangue carmesim". Depois pararam e o primeiro orador começou. Estava de costas para nós e iniciou sua pregação para o vento. "Aproveitem a oportunidade que Jesus está lhes dando. Abandonem o pecado." Cada palavra era um grito e cada grito era acompanhado de um arranco do corpo. Ficamos ali. Chegaram mais três pessoas, um vagabundo de barba, uma mulher bêbada e um sujeito que talvez fosse um garçom saído há pouco do trabalho. A bêbada começou a falar ao mesmo tempo que o segundo orador e ele gritou: "Cala a boca, pecadora! Aqui Satanás não tem vez". Mas a mulher não se incomodou com aquilo. O vagabundo de barbas ria à socapa. Teresa ria também, sem rebuços. Mais cantorias. Eu não queria ir embora antes que falasse o último orador, um mulato gordo, com uma voz poderosa de barítono e um semblante digno, carregado de raiva. Como todos os outros, ao chegar sua vez ele colocou o livro de hinos no bolo de coisas ao centro da roda e apanhou outro livro. E começou, sua voz forte varando o ar, indo bater nas paredes dos edifícios. "Se eu estivesse aqui para contar a vida íntima dos artistas de cinema, ou tocasse violino, ou fizesse graças como um palhaço, muitos estariam em volta de mim. Mas eu trago a palavra de Jesus e ninguém me ouve. Onde estão todos? Ooondee? Fecharam a porta a Jesus! Chafurdaram em Sodoma e Gomorra e o que podem esperar senão a destruição e o inferno? O inferno!"

Fomos embora, Teresa com o braço em torno da minha cintura e eu com o braço sobre o seu ombro. Ninguém nos veria, àquela hora, ali. Gritei, imitando o mulato: "O inferno, o inferno!".

Fata volentem ducunt, volentem trahunt. Por que será que Teresa não serviu como substituta de Norma? A gente não gosta de quem a gente quer. Eu queria gostar de Teresa, fiz tudo para gostar de Teresa, palavra de honra. Eu precisava gostar de alguém. Gostar dela era fácil: os homens seguiam-na pelas ruas, recebera convites para entrar para o cinema, as amigas adoravam o seu espírito esportivo, ela tanto sabia usar um biquíni quanto um vestido de baile; estava aprendendo a ler os bons livros que eu lhe emprestava; tinha um cheiro de fruta madura, um cheiro de árvore molhada, um cheiro de força e saúde, um cheiro de limpeza, um cheiro de criança de seis anos depois que tomou banho; me amava como uma louca, era uma cadela constantemente no cio — mas talvez fosse por isso, por ela me amar loucamente que eu não conseguia amá-la no mesmo diapasão; que raio de sujeito pervertido eu era, precisava de incertezas, precisava lutar pelo meu amor, como fazia com Norma, para continuar amando. O homem é um ser complicado e infeliz. Dirão: Nem todos são assim, existem os normais, aqueles que só gostam das mulheres que gostam deles, que só querem aquilo que podem alcançar, que só fazem o que podem fazer, que só vão aonde podem ir. Mas Norma era feita do impossível, de frustrações e ranger de dentes, de audácia e imprecações, de sofrimento e esplendor, de ferocidade, pertinácia, crueza e obstinação. Era isso o que só Norma me dava. E como Teresa não me fizera esquecer Norma, cismei que tinha que procurar outra. Outra que me enchesse a vida.

Andava na rua olhando todas as mulheres. Não conseguia ficar no escritório, não podia ir para casa, não tinha sossego. Foi num dia assim que encontrei Sonia. Uma dona havia passado por mim e eu me virara todo para vê-la se distanciando. Foi então que dei um encontrão em alguém que carregava um embrulho que caiu no chão fazendo um barulho de vidro quebrado.

"Me desculpe", disse eu. Abaixei-me para apanhar o embrulho. O objeto ali dentro estava partido. "Puxa vida, que desastrado eu sou. A senhorita me desculpe."

"Não faz mal não", disse ela desconsoladamente.

"O que era?", perguntei. "Dar-lhe-ei outro."

"Não faz mal não, não se preocupe."

Era um embrulho de presente.

"Mas faço questão. É um favor que a senhorita me faz. Ficarei tão chateado que sou capaz até de não dormir hoje à noite."

"Não sei —", murmurou ela.

"Está decidido. Onde foi que você comprou?"

Disse o nome da loja.

"Onde fica?"

"Na rua do Ouvidor."

Fomos andando.

"Sou o sujeito mais desastrado do mundo."

"Mas eu também tive culpa."

"Coisa nenhuma. A culpa foi só minha."

"Fico tão sem jeito. Acho que não devia aceitar."

"Como é o seu nome?"

"Sonia."

"Olha aqui, Sonia, o que estou fazendo não tem nada de mais. Qualquer cavalheiro faria isso."

"Mas o senhor está perdendo o seu tempo, saindo do seu caminho. O senhor devia estar com pressa, não estava?"

"Não. Meu nome é Carlos."

"Isso é — era, o presente de casamento de uma amiga minha. Uma coisa sem importância, quero dizer, uma coisa barata."

Chegamos à loja. Ela pediu um vaso igual ao que havia comprado momentos antes. (Tratava-se de um vaso de cristal horrível, nem sei mesmo por que fabricam esse tipo de coisa. Talvez para servirem de presente de casamento.) O balconista voltou dizendo que não tinha mais outro vaso igual.

"Você vai permitir que eu escolha o presente de sua amiga, está bem?"

Ela ainda tentou protestar, mas não dei importância ao que

dizia. Escolhi um porta-cigarros antigo, de prata lavrada portuguesa, que me custou uma fortuna.

Depois que comprei o presente ficamos parados na porta da loja por alguns momentos. Ela segurando o embrulho, um pouco constrangida, ou talvez com medo, como se aquilo fosse uma bomba-relógio.

"Ainda continuo sem jeito", disse ela sorrindo.

"Por quê?"

"Não havia nenhum motivo para o senhor comprar isto para mim. A culpa foi minha, sei que a culpa foi minha e depois o senhor ainda compra uma coisa muito mais cara. Quem vai gostar é a minha amiga."

"São pelo menos duas pessoas satisfeitas. Sua amiga e eu."

"É isso mesmo. Então, adeus, muito obrigada."

"Não nos veremos mais?"

"Não sei. O que o senhor acha?"

"Também não sei."

Nenhum olhava para o outro. Eu olhava para o lado. Ela olhava para o embrulho.

"O senhor tem telefone?", perguntou ela, ainda olhando para o embrulho.

"Tenho", respondi. Dei-lhe um número. "É do meu escritório."

Tirou um caderninho da bolsa e, enquanto segurei o embrulho, tomou nota do número.

"Você me telefona?", perguntei.

"Telefono."

"Quando?"

"Amanhã. Está bem?"

"Está. Mas telefona mesmo."

"Prometo."

"Aguardarei ansioso."

Ela riu. "Telefono sim. Bem, então, até amanhã. Ah! qual a melhor hora para telefonar?"

"À tarde. Depois das quatro horas."

"Então até amanhã às quatro." Ela me estendeu a mão. Apertei-a, sentindo uma certa intimidade, um certo compromisso, naquele gesto. Inventava coisas? Sonia foi-se afastando, pude observar então suas pernas grossas, o movimento de suas nádegas sob o vestido, seus cabelos. "Ei, Sonia, Sonia", gritei enquanto corria atrás dela. Ela virou-se surpresa. "O presente", disse eu estendendo-lhe o embrulho, "você deixou o presente comigo." Ela riu, o rosto ruborizado, dizendo: "Que cabeça tonta eu tenho". "Até amanhã." "Até amanhã", respondeu ela.

E foi embora.

É claro que nada disso interessa a ninguém. Mas eu relato para mostrar como os seres humanos são ávidos por estabelecer novos contatos. E também por um outro motivo. Para lembrar, ainda que melancolicamente, que tipo de pessoa atraente eu era. As mulheres simplesmente não resistiam ao meu encanto. Depois — veremos depois, depois. Sigamos uma ordem.

Durante dias conversamos pelo telefone. Sonia acabara de brigar com um sujeito que era "quase noivo" dela. Fora disso, nada conversamos sobre a vida pessoal de cada um. Ela gostava de falar de livros, mas só de livros chatos, como *Iracema*, *Helena* etc. E também de cinema. Essas conversas não tinham o menor interesse para mim. Um dia convidei-a a passar no meu escritório. É claro que não dei o endereço do meu escritório, mas sim do meu apartamento.

Marcamos às cinco horas. Uma meia hora antes comecei a andar de um lado para o outro impaciente. A toda hora encostava o ouvido na porta, perto da abertura, procurando ouvir os seus passos. Às cinco e vinte eu havia fumado um maço de cigarros e andado vários quilômetros dentro do apartamento. Minha orelha doía de tanto encostá-la com força na porta. Quando a campainha tocou, levei um susto.

Sonia carregava um grosso caderno na mão, desses de folhas soltas.

"Demorei a sair do colégio."

"Colégio?"

"Isto não é escritório, é?"

"Não, é mais um local de recolhimento, para ouvir música, descansar, ler, pensar."

"Que formidável! Quem me dera uma coisa dessas assim para mim."

Sentamos no sofá.

"Aquele é Modigliani", disse ela. "Eu vi o filme. Você viu o filme, com Gerard Philipe?"

"Vi."

"Quem são os outros?"

"Miró, Rouault, Braque, Picasso", apontei um a um.

"Picasso eu conheço."

Coloquei música na vitrola. Música francesa.

"Por que você quis que eu viesse aqui?"

"Não sei." (Eu achava que uma certa indecisão e uma razoável timidez funcionariam eficientemente.) "Acho que eu, ah, queria ficar sozinho com você." Disse isso como um tartamudo, passando a mão no rosto, rindo nervosamente.

"Eu também queria ficar sozinha com você. Isto não tem nada de mais."

"Pois é, mas — eh, sei lá..." (Pausa.) "Mas eu queria tanto!" (Olhar intenso meu no olho dela.) "Em que colégio você está?"

"Escola normal. Você não sabia? Termino este ano."

"Não, não sabia."

"Vamos dançar", disse ela, tirando os sapatos.

Dançamos. Em pouco tempo estávamos nos beijando.

"Que calor", disse ela.

"Estamos com muita roupa", disse eu timidamente.

"Você está propondo que eu tire a roupa?", perguntou ela, imitando a voz de uma pessoa muito chocada.

"Claro que não", respondi do mesmo modo.

"Eu ficaria com vergonha", disse ela, seriamente.

"Por quê? Você não vai à praia? Podíamos ficar como se estivéssemos na praia."

"Mas nós não estamos na praia."

"Eu faço uma praia para você. Aqui a areia", disse apontando para o sumier. "Abracadabra, pronto: areia branca e fina, e boa para deitar. Agora, aqui em cima construo um sol, assim, redondo, para bronzear nosso corpo. Viu, meu bem, sou um mágico." Beijei-a fortemente na boca. Deitamos no sumier. Aos poucos, enquanto a beijava, fui tirando a sua roupa. Que coisa difícil. Ela que gostaria, creio, de fingir que fora desnudada por mim contra a sua vontade, foi obrigada a colaborar, virando um pouco o corpo para eu desabotoar os botões da blusa que estavam nas costas e levantando um pouco o púbis para que eu pudesse tirar a sua saia.

"Está muito claro", disse ela.

Levantei-me e corri as cortinas sobre as persianas que já estavam fechadas.

Voltei para a cama.

O resto foi como não podia deixar de ser.

Só estou contando essas coisas para mostrar que fiz força para esquecer Norma. Tentei vários macetes, várias mulheres. Até prostitutas procurei. Arranjei uns números de telefones, para onde ligava e dizia:

"Dona Carmem?"

"Sim."

"Aqui é o Carlos." Dava o meu endereço.

Ela entrava logo no assunto: "Tenho aqui uma pernambucana, uma morena linda, completuxa, sabe?".

É claro que eu já sabia o que ela queria dizer com essa história de completuxa. Toda caftina tem a sua metáfora.

"Ela pode estar aqui dentro de meia hora?"

"Pode."

"Muito obrigado, dona Carmem."

"O nome dela é Edna."

Eram todas iguais. Não fisicamente. Umas eram louras, outras morenas, altas, magras, baixas, gordas, umas meninas ainda, outras balzacas, mulatas e até uma preta, para experimentar. Nomes: Suely, Zuleica, Elizabete, Inês, Maria de Lurdes, Rafaela, Cristina, Mercedes e outros já esquecidos. Mas eram todas iguais. Assim que acabava me dava uma vontade doida que elas fossem embora, às vezes mal podia esperar que se vestissem. Havia algumas que queriam ficar e voltavam, da indefectível visita ao banheiro, para a cama, onde se deitavam para conversar, contar coisas da vida delas, em detalhes. Não quero saber coisa alguma da vida de ninguém, prostituta, mulher de família, presidente da República, artista de cinema, a vida dos outros não me importa, o que importa é a minha vida. A minha vida.

Carlos

Os erros, como a palha, boiam na superfície; aquele que procura pérolas deve mergulhar fundo. Você se lembra quando me disse isso? Nós estávamos naquele hotelzinho de Cabo Frio, num dia de inverno, em que a cidade estava completamente vazia de turistas. Agora compreendo o que você queria dizer com aquilo. Tudo que é fácil é errado. Procurei o fácil, o casamento, a casa e tudo estava errado. Você se alegra em saber disso? Em saber que errei e que lamento ter errado? Você me aceita de volta?

Norma

PS: Rendição incondicional.

(O PS estava riscado; de maneira, contudo, que pudesse ser lido.)

Mostrei a carta para João.

"João, gênio dos gênios, grande mágico, poderoso senhor da profecia, deixe-me tomar a sua bênção."

João retirou a mão. Parecia contrafeito.

"Que que há? Você acertou no olho da perdiz, tudo o que você disse aconteceu. Não sei como agradecer. Serei teu escravo o resto da vida."

"Responde dizendo que não quer mais saber dela."

"Como? Não estou entendendo!"

"Essa mulher não serve, mesmo longe está te destruindo e perto vai acabar com você de uma vez."

"Você está maluco, João?"

"Não estou maluco, não. Você sabe o que todo o mundo anda dizendo? Que teu escritório já não vale mais nada, que todos os clientes estão te abandonando, que você não quer saber de trabalhar, que nunca é encontrado no escritório e por aí afora."

"Mas tudo isso é um exagero. A ausência de Norma tem me perturbado um pouco, mas não tanto."

"Com ela aqui vai ser pior."

"Deixa de bobagem, João. Por favor, não estraga o meu dia."

"Ela vai exigir coisas. Você pensa que vai ser como antes? Ela vai exigir que você abandone sua mulher. Você é um covarde, você terá peito de abandonar sua mulher?"

"Abandono. Você vai se surpreender com este seu amigo. Você vai ver."

"Norma não merece que ninguém abandone a mulher por ela, nem mesmo uma mulher cretina como a sua."

"Norma é boa, dê uma chance a ela, João, uma pequena chance que seja, não faça julgamentos apressados."

"Por que que ela riscou a *rendição incondicional*? E de maneira que você pudesse ver as palavras riscadas?"

Como odiei João naquele dia!

Aquele lorpa pensava que eu não tinha coragem de abandonar a minha mulher. Uma coisa à toa, milhões já fizeram isso. Largar a própria mulher não tem nada de mais. Os amigos falam, ela passa a te odiar, mas o que tem isso? E se ela disser que não? A gente vai para o litígio, paga-se uma pensão, se ela quiser arranjar outro homem que arranje, ela já não é mais tua mulher. Tudo simples, sem problemas, uma coisa fácil, fácil.

A partir do momento em que precisei falar com Célia, tudo começou a ficar difícil. Cheguei quase a desistir. Pensava nos outros homens que haviam abandonado mulher e filhos — que tipo de pessoas seriam? Qual a virtude ou força que os impelira a isso? Egoísmo? Paixão? Pragmatismo? Bom senso? Madureza? Um pouco de cada coisa? A exacerbação de uma delas?

Coragem? (Algo que não tenho. Vejo isso agora, sou um covarde. Sempre fingi ignorar os seus sintomas — a um sinal de perigo os ouvidos sendo bloqueados por uma cortina de chumbo que se fecha subitamente; a incapacidade de resistir, de discordar, de ferir e atacar de frente; de correr riscos.)

"Preciso falar uma coisa muito séria com você", eu disse.

Célia estava fazendo tricô. Ela vivia fazendo tricô. Para os pobres. Ela resolvia o problema dos pobres fazendo tricô.

"Sim..." Um sim seco, emitido por entre os lábios finos imóveis, como se ela fosse um boneco defeituoso de ventríloquo.

Fiquei algum tempo parado sem saber o que dizer. Ela continuou fazendo tricô, sem me dar importância.

"É muito sério o que quero dizer a você." Senti que minha voz tremia. Foi quando Célia me olhou, o olhar parado no meu rosto, lendo. Então pareceu ter percebido o que eu queria dizer. Seus lábios escassos começaram a se distender muito lentamente sem que se visse a sua progressão, como acontece com o ponteiro de um relógio: a largura da boca aumentava a cada instante, os lábios desapareciam, surgindo na boca fechada duas linhas retas exangues superpostas, fazendo com que seu rosto pálido de fundos olhos escuros parecesse o desenho de uma caveira. Enquanto isso ela virava vagarosamente a cabeça para trás de maneira que os ossos do maxilar inferior se definiam com tal nitidez que davam a impressão que iam romper a pele magra e fina a qualquer instante. Ficou naquela posição enquanto que eu, chocado, fechei os olhos, sem coragem de olhá-la.

"Então você vai me abandonar", disse ela.

Abri os olhos. Silenciosamente ela havia se levantado. Estava agora de pé, no outro extremo da sala, os braços finos caídos, dependurados nos ombros.

Titubeei; tentei dizer "quem te pôs esta ideia absurda na cabeça?", acompanhado de uma risada que sublinharia a graça que estava achando de tamanha tolice. Mas dei somente a gargalhada, o que acabou tornando o meu desquite litigioso e dispendioso. "Eu daria a ele o desquite", disse Célia a João dias depois, "sem maiores exigências, creio mesmo que o perdoaria. Mas depois daquela gargalhada de desprezo não podia haver acordo algum." A minha mulher realmente não me entendia.

Telegrafei para Norma a fim de que viesse imediatamente. Fui esperá-la no aeroporto e, ali mesmo, disse-lhe que me havia separado de Célia. Beijei-a na boca. Ela se afastou, olhando-me surpreendida. "É isso mesmo, na frente de todo o mundo", exultei, "a minha mulher agora é você." Norma perguntou: "O desquite já foi homologado?". Respondi que não. "Então não fica bem nós assim, em público, você não acha?..."

Em público. No velório do meu pai aconteceram coisas em público que teriam incomodado qualquer mortal. Estavam lá os colegas e clientes e amigos do meu pai, sujeitos velhos e solenes, de roupas escuras e colarinhos duros, vários de bengala e um de monóculo, que haviam ido levar sua homenagem ao comendador José Francisco; e também amigas de minha mãe, velhas de roupa nova e face compungida, querendo abraçá-la, vê-la chorar desesperadamente, estimulando o seu sofrimento com palavras de carinho, como assistentes de uma peça de teatro que aplaudissem o ator no meio da representação, para conseguir dele uma interpretação mais vibrante. Subitamente, no meio desse velório concorrido, a que o próprio presidente da República mandara um representante, surgiu uma das amantes ocultas do meu pai. Explodiu no meio da sala, com o rosto gordo congestionado de lágrimas, gritando. "Chico! meu Chico! Por que você foi morrer, meu Chico!", e correu para o caixão e beijou soluçando as mãos do morto. Tirei-a dali com muito custo. Ao chegarmos à rua, ante a curiosidade chocada das pessoas que nos seguiram e das que se apinharam nas janelas da capela, a amante de meu pai ajoelhou-se no chão e gritou com voz surpreendentemente forte para uma velha: "Foram trinta anos, foram trinta anos!".

Escândalo! Isso sim foi escândalo. Quando voltei, depois de ter despachado a mulher, ao subir as escadas que levavam à sala do velório ouvi um zumbido: eram os parentes cochichando excitadamente entre si. Em pequenos grupos, com as cabeças quase juntas, sussurravam com o ar de segredo e satisfação de quem escuta uma piada de sacanagem numa casa de família.

As velhas de roupas novas afastaram-se de minha mãe. Olhavam-na de viés. O seu rosto, pálido e imóvel, parecia de parafina.

Depois que saímos do aeroporto, dentro do carro Norma me perguntou: "Aonde você está me levando?".

"Ora, meu bem, para o nosso apartamento. Estou morando lá. Saí de casa. Célia ficou com o apartamento."

"Você não acha melhor esperarmos o desquite terminar?"

"Por quê?"

"Assim ninguém pode falar nada."

"Falar o quê?"

"Sei lá. Acho que não fica bem."

"Mas o desquite ainda demora algum tempo. É litigioso, depende de uma série de audiências, perícias, o diabo."

"Litigioso? O que ela está querendo de você?"

"Está querendo tudo."

"Mas você não vai dar o que ela quer, vai?"

"Eu vou dar o que for obrigado a dar."

Norma acabou indo para o apartamento da avenida Atlântica.

Não tivemos nenhum encontro mais íntimo enquanto o desquite não terminou. Víamo-nos quase que diariamente: íamos juntos a cinemas, teatros, restaurantes — depois cada um voltava para sua casa. Encarei a coisa como uma demonstração de dignidade, de virtude, de maturidade da parte de Norma. "Ela realmente cresceu", dizia para os meus botões.

Norma estava de fato diferente. Não brigava mais comigo; era tranquila e solícita; compreensiva. Tornara-se uma outra mulher. Assim eu pensava.

O desquite terminou com Célia ganhando praticamente tudo o que queria. (Nas ocasiões em que a vi no Foro ela estava de preto, como se estivesse de luto; e não me cumprimentou uma vez sequer.) O sujeito trabalha como um animal enquanto a mulher passa o dia na manicure, no cabeleireiro, na pedicure, na modista, no médico, na casa das amigas jogando cartas, nos desfiles de modas, ou então simplesmente na cama dormindo como uma preguiça retardada e na hora da separação vem um juiz cretino (como todos os juízes) e decide que metade de tudo aquilo que o sujeito ganhou pertence àquela parasita. A isso se chama Justiça.

Terminado o desquite, embarquei com Norma para o Uruguai, onde nos casamos. Ela queria passar a lua de mel em Paris. Mas isso não era possível.

"Como que não é possível?"

Eu estava sem dinheiro. "Não recebi uns honorários atrasados", expliquei. Isso era mentira, não tinha honorários atrasados para receber. Na verdade, tinha dívidas a saldar. "Os teus clientes não te pagam?", perguntou Norma. "Pagam, mas às vezes demoram. Advogado é assim mesmo, tem meses que não recebemos um tostão, o dinheiro fica todo acumulado. É por isso que precisamos sempre ter uma reserva."

Ficamos cerca de quinze dias em Montevidéu. Montevidéu foi uma decepção. Quando chegamos, senti algo de chocho nas nossas relações; como uma expectativa abortada. Para anular o desapontamento, tentei uma solução erótica; ficar dentro do quarto fazendo amor todo o tempo. Fizemos amor de todas as maneiras, de estômago cheio, bêbados, com fome, vestidos, na janela do hotel olhando a cidade, ouvindo música. O orgasmo vinha, mas o orgasmo depende sempre de outros elementos para ser bom. Passei a sentir uma coisa que não era tristeza, ou depressão — uma espécie de desalento, um vazio, após a cópula. Estaria a mesma coisa acontecendo com Norma?

Mas que diabo está acontecendo comigo?, pensava. Pois sexo não é a melhor coisa que existe? O prazer, num mundo de paliativos? A única possibilidade de fruição revivescente?

Voltamos para o Rio.

No princípio, íamos a todos os lugares juntos. Depois, passamos a sair separados. Ou melhor, ela passou a sair sem mim. Eu ficava em casa, bebendo sozinho, sem vontade de ler, ou ouvir música e, o que é pior ainda, vendo televisão, uma porcaria de programa atrás do outro, irritado pelo fato de Norma ter saído. Uma mulher não pode sair sem o marido, isso é um absurdo, uma coisa errada; o oposto pode ocorrer, o marido sair sem a mulher, isso sim. E aonde ia Norma? À boate, ao cinema, à casa das amigas jogar cartas. Voltava tarde.

"Aonde você foi?"

"À casa da Helena."

"Que Helena?"

"A mulher do Pedro."

"Pedro? Que Pedro?"

"O Pedro, aquele médico."

"Não conheço ninguém com esse nome."

"Por que você não desliga essa televisão? Não tem programa nenhum aparecendo."

"Eu gosto de ver assim. Você se incomoda que eu veja assim, hein?"

"Eu não me incomodo não, mas está gastando o aparelho à toa."

"E o que você tem com isso?"

"O aparelho estraga."

"E daí?"

"Depois você vai ficar furioso com o dinheiro que vai ter que gastar com o conserto."

"Não vou reclamar merda nenhuma. Eu reclamo o dinheiro que você gasta com besteiras. Você é uma máquina de moer dinheiro."

"Chega. Você está bêbado."

"Ah, agora chega, não é? Quando eu toco no ponto fraco, você diz chega, você só gosta de discutir quando tem chance de ganhar. Máquina de moer dinheiro. Você é igual a essas prostitutas que só andam de táxi e só usam perfume francês. Você também só anda de táxi, vai no armarinho comprar uma linha, táxi, vai no cabeleireiro, táxi, vai visitar uma amiga, táxi, táxi, táxi. Você é uma taxi-girl, hehehe… hahaha…"

"Eu pensei que você pudesse pagar pelo menos o meu transporte, eu pen…"

"Máquina de moer dinheiro!"

"Pensei, eu pensei…"

"Você não pensou nada. Toda mulher é burra, um desenvolvimento interrompido, uma coisa que ia ser e não foi."

"Se você estivesse trabalhando, o mísero dinheiro de um táxi não ia fazer falta, ouviu?"

"Como é que você quer que eu trabalhe? Eu estou doente, você não sabe que eu estou doente?"

"Está sim, muito pior do que você pensa."

"Mas não estou maluco não, viu?"

Eu tinha mononucleose. Como é que eu podia trabalhar com mononucleose? Ela é que devia gastar menos. Ia, dia sim, dia não, à manicure. Só vendo a unha dela: tinha uns quatro centímetros de comprimento. Devia ser uma maneira de ir à forra do tempo em que roía unhas. (Eram, além dos mais, estreitíssimas, o que fazia com que sua mão parecesse a de um diabo de desfile carnavalesco.) Vivia nos salões de beleza. Terças, quintas e sábados: pela manhã, manicure e cabeleireiro; à tarde, ginástica rítmica e ballet. Segundas, quartas e sextas: pela manhã, pedicure e limpeza de pele; à tarde, sauna, duchas, massagens.

Ela estava virando uma outra pessoa. Parecia uma boneca: o cabelo sempre arrumado; equilibradas as várias cores das inúmeras pinturas com que uma mulher tatua desescarificadamente o corpo — o sunset-pink dos lábios combinando com o scarlet-hell das unhas, combinando com o blue-lagoon da sombra do olho, combinando com o ochre-gipsy do pancake, combinando com o moonlight-passion do pó de arroz.

Sentava-se na beirada das poltronas, as costas retas, a barriga para dentro, aparentando uma pose confortável.

"Quando foi que você deixou de roer unhas?"

"Foi na Bahia."

"Na Bahia?"

"Na Bahia."

"Assim, sem mais nem menos?"

"Como assim, sem mais nem menos?"

"Você acordou de manhã e pronto — não roía mais unhas?"

"Claro que não."

"Então como é que foi?"

"Sei lá, já nem me lembro."

"Isso não é possível!"

"O que não é possível?"

"Você não se lembrar como foi que deixou de roer unhas. Talvez algum trabalho de persuasão do tal Raimundo, hein?"

"E se foi, você tem alguma coisa com isso?"

"Não, não, meu interesse é puramente científico. Sabe-se que roer unhas é sintoma de tensão psíquica."

"Você adoraria que eu voltasse a roer unhas, não é?"

"Eu?"

"Sim, você."

"Por quê?"

Não respondeu. Norma vivia me atribuindo ações, pensamentos, desejos referentes a ela que nunca foram cometidos ou imaginados.

Estávamos sempre brigando, então. Só não brigávamos mais porque nos víamos pouco. Ela passava o dia revigorando e pintando as carnes do corpo, aparando os cascos, armando os pelos; de noite ia à casa das amigas, ia a boates, ao cinema. Estou me repetindo, ao dizer isto, mas acho que o papel da mulher é acompanhar o marido, sempre, do contrário o casamento não dura. O engraçado é que eu não permitiria que Célia fizesse aquilo comigo; Célia nunca saía sem mim.

"Célia nunca saía sem mim."

"Quem?"

"Célia."

"Vai ver que foi por isso que o casamento de vocês deu tão certo."

"E nós, meu bem..."

"E nós o quê?"

"O que que está havendo com a gente?"

"Você está diferente." Norma balançou a cabeça, olhando para mim.

"Eu?"

"Você."

"Eu?"

"Você não é mais o mesmo."

"Você não é mais a mesma."

"Ha, ha."

"Ha, ha?"

"Nós entramos na fase de acusações mútuas. É o fim."

"Você vai me abandonar?"

"Ora..."

"Anda, diz."

"Não sei..."

"Eu dou tudo a você..."

"Tudo?"

"Então não dou?"

"Carlos, você..."

"Eu o quê?"

"Você anda tão, tão... desanimado."

Ninguém bebe por gosto. O sujeito bebe com a cabeça e não com a língua. Eu bebo também com o coração, ele fica mais leve. É bom, para os que o têm pesado, fazê-lo leve. Meu Weltschmerz é no coração. Como ele dói! Eu ponho a mão sobre ele e digo — sossega, meu coração, como uma heroína de romance antigo. Mas meu coração só tem sossego quando bebo. Este é um fato. Sei que a bebida é tida como antissocial, pelos moralistas, pelos juristas (já fui um deles), pelos religiosos, pelos educadores, pelos pais de família, pelos governantes; e como veneno, pelos médicos, pelos psiquiatras.

A psicopatologia forense dos meus tempos de estudante falava numa forma de comportamento anormal associado ao alcoolismo e que podia levar o indivíduo ao crime. Mas o meu alcoolismo não levou a crime nenhum, por enquanto, pelo menos. (E o que acabarei fazendo não será crime, pois ninguém sofrerá, nem mesmo eu.)

Um dia ouvi o barulho de Norma chegando e ao abrir a porta — coisa que nunca fazia — deparei com ela beijando um homem. Era o João Silva. Não matei ninguém; na hora até achei divertido ver a cara perturbada de João, a surpresa, o susto que tirou o sangue da cara dos dois e fê-los balbuciar tartamudos palavras desconexas.

João desceu pelas escadas, retirante furtivo, sua coragem debandada, seu telurismo languifeito. Foi bom vê-lo assim. Uma raiva que surgiu de repente me fez agredir Norma. Após o primeiro soco, a raiva foi aumentando e quanto menos ela se defendia e quanto mais ela chorava, mais a minha fúria crescia. O que gostei mesmo foi de lhe dar pontapés.

Não sei como ela conseguiu fugir. Eu estava cansado para correr atrás dela. Deve ter ido morar com João Silva. É engraçada essa tendência que as mulheres têm de abandonar o sujeito e viver com um amigo dele. Isso acontece mais frequentemente do que se supõe. É a preguiça feminina.

Agora estou sozinho e sem vontade de fazer nada. Uma daquelas vagabundas que andou comigo me disse um dia, numa tarde de calor, enquanto suava de correr gotas pela cara e pelos braços, que queria morrer. "Morto não sente calor", disse ela. "Nem fome", disse eu. "Nem tristeza", disse ela. "Nem preocupações", disse eu. "Nem medo", disse ela. "Nem cansaço", disse eu — e fomos por aí afora jogando um pingue-pongue verbal para mim divertido e para ela catártico. Mas isso foi naquela ocasião. Hoje já não me divirto mais. A vida é uma prebenda. Mas não devo me angustiar. Como disse Epicteto,

a porta está aberta.

A OPÇÃO

Disse o professor Danilo: "Existem pelo menos quatro tipos de sexo: o jurídico, o anatômico, o gonádico e o psicológico. As palavras macho, fêmea, homem, mulher são meros símbolos representando uma realidade que não existe".

Danilo correu os olhos pela sala.

"Este caso é diferente de um outro que trouxe aqui anteriormente. Mas o problema era o mesmo: qual o sexo que nós vamos determinar, escolher para o paciente? Sobre aquele caso eu não tinha dúvidas, porque *ele* não tinha dúvidas. Você se lembra, Fernando?"

Fernando: "Era um garoto inteligente. Me disse: 'Se resolverem que vou ser mulher eu me mato' ".

Danilo, selecionando slides: "Ele me disse a mesma coisa. Dizia isso para todo mundo. Sabia o que queria. Psicologicamente era homem; juridicamente era mulher. Chamava-se Nair, que é um nome mais ou menos neutro".

"Ele sabia para que tinha vindo aqui?"

"Acho que os pais disseram."

"Possivelmente uns imbecis", Duarte rindo.

E Mírian, envolta em suas sombras (*mundo pequeno este!*).

"Possivelmente. Mas você concorda que fizeram uma coisa inteligente registrando o garoto como Nair; caso se chamasse Marlene, teria problemas quando foi para o colégio, de calças. Ele exigiu calças, e os pais concordaram. Talvez não fossem tão imbecis."

"Ele inventava coisas. Ajudou a nossa, a sua..."

"A nossa..."

"A nossa decisão", disse Fernando.

"Este caso é diferente", Danilo. "Ela não."

"Ela?", Duarte. "Isso significa —"

"Sei onde você quer chegar. Não significa coisa alguma. Não posso dizer *it*, ou *das*, a língua não deixa. E se deixasse também não usaria."

"A última flor do lácio inculta e bela...", disse Duarte. "O doutor Roux —"

"O doutor Roux fica para depois; você quer falar sobre o último livro que leu, mas agora não."

"Eu quis estabelecer —"

"Depois, depois. Mas perdi: onde é que eu estava mesmo?"

"Esse caso é diferente..."

"Obrigado. Esse caso é diferente. Mas vamos por partes." Danilo projetou o primeiro slide. "Aqui estão os órgãos genitais externos: pênis e saco escrotal. O saco escrotal não tem testículos. O uretograma provou a existência de uma estrutura vaginal. É um caso de contradição entre a morfologia genital externa e a gônada; a biópsia da gônada mostrou tecido ovariano normal. O teste da cromatina, assim como a insuficiente elevação do 17-
-cetoesteroide e ausência de depressão pela cortisona, não nos

autorizam a dizer, positivamente, que se trata de um caso de hiperplasia suprarrenal. Por outro lado, não se trata de um caso de vero hermafroditismo, pois não há demonstração de tecido testicular, conquanto exista o ovariano."

"Qual o sexo do paciente? Juridicamente?", Fernando.

"Feminino. Morfologicamente, masculino; gonadicamente, feminino. Psicologicamente, bem, este é o problema que faz o caso diferente: nós não sabemos", professor Danilo.

"Quantos anos tem o paciente?"

"Nove. Esse é outro problema, dentro do problema. A alteração da genitália através da correção cirúrgica deve ser feita cedo."

Mírian: (*Devem, mas não fazem. Mas podiam, Danilo podia ter feito. Pergunto por que não fez, não sabia?, fugiu da dificuldade, não quis correr o risco da alternativa de decifrar ou ser devorado? Devia lhe dizer isso. Ah, ah! Antes perguntaria — sabe quem eu sou? Lembra-se de mim? Sofre agora uma parte que seja do meu sofrimento...*)

"Quer dizer que este caso nós poderíamos cirurgicamente fazer um homem ou uma mulher, um ou outro, se quiséssemos?", perguntou Duarte.

"Você formulou a pergunta imprecisamente. Mas sei o que você quer perguntar. A resposta é sim. Se soubéssemos."

"Como?"

"Digamos que depois de um diagnóstico cuidadoso nós optássemos pelo sexo feminino. Nesse caso faríamos a amputação pura e simples do pênis e do saco escrotal. A vagina seria construída. Seria fácil. É mais fácil construir uma genitália feminina do que um aparatus genital masculino. Não é difícil abrirmos um orifício perineal e produzirmos uma vagina adequada."

"E se quiséssemos fazer um homem?"

"Íamos para a laparotomia; extirpávamos útero e ovários. E como o saco escrotal do paciente está vazio, colocaríamos nele dois testículos de matéria plástica. Para fazê-lo feliz. Um homem para ser feliz precisa ter uma genitália normal. Por isso os testículos de plástico, que não permitiriam espermatogênese, mas dariam uma sensação de normalidade."

"Então era só jogar a moedinha para o ar: cara, mulher, coroa, homem", Duarte.

"Na medicina você não joga moedinhas para o ar." (*É um palhaço. Que faço aqui, ensinando esse palhaço? Devo ensinar minha Arte, como quer Hipócrates...?*) "Você lê muito, já leu Hipócrates?"

"Não está um pouco ultrapassado? E por que não Galeno?" (*Não leu o Roux, vem para cima de mim com Hipócrates.*)

"Galeno também serve. Mas voltando a Hipócrates, que você não leu, ele dizia mais ou menos isso: a medicina, entre todas, é a mais nobre das Artes, mas, devido à ignorância daqueles que a praticam, está atrás de todas as outras. Tais pessoas, diz ele, são como aquelas figuras introduzidas no teatro que têm a forma, a roupa e a aparência pessoal de um ator, mas não são atores; assim, também médicos existem muitos em título, mas poucos na realidade", professor Danilo.

"Estou de pleno acordo", Duarte.

Fernando: (*O que que há com Danilo? Sempre que a Mírian vem ele fica assim, amargo, nervoso, querendo brigar.*)

"Mas não devia", disse Danilo. (*Não adianta continuar. E terá esse cretino o amor pelo trabalho, e a perseverança que permitirão que o ensino, o meu ensino, propicie frutos abundantes? Estarei sendo emocional? Esse sujeito me cansa.*)

"Voltando ao assunto. Esse caso é difícil, porque o paciente tem nove anos e o *gender role* é para nós indefinível. Nós não sabemos o que ele é psicologicamente."

"O paciente não diz o que ele acha que é?"

"Ele não sabe o que é. O papel masculino ou feminino que a criança assume é alguma coisa adquirida durante o curso de todas as experiências e transações do crescimento. Chamo a atenção de vocês para as observações da doutora Joan Hampson, num folheto que distribuirei, sobre o *gender role*. O que somos em matéria de sexo inclui o erotismo, mas é mais do que isto: inclui, por exemplo, a roupa, o nome, o corte de cabelo, a postura, o gesto, os maneirismos, afetações, devaneios, ilusões, ambições para o futuro, mas é também mais do que isso. É o que os outros acham que nós somos; é aquilo que nós achamos que somos — e é, ainda, mais do que isso. Algo impresso irreversivelmente que nós precisamos descobrir, pois o ser humano não pode viver com essa contradição que vemos no nosso paciente. Existe a contradição social, moral, a de caráter: a essas o homem sobrevive sem maior vicissitude. Mas à contradição sexual é difícil resistir: é impossível ser feliz, com ela. Essa matéria de sexo — esta palavra é semanticamente imprecisa mas não há outra — o ser precisa ser definido."

"O que é preciso para um homem ser feliz, neste aspecto?", Fernando.

"Ter um falo adequado; acreditar que é homem; acreditar que os outros acreditam que ele é homem; ter orgasmo, e, mais importante, acreditar que pode fazer uma mulher ter orgasmo."

"E uma mulher?"

"Ter uma genitália adequada; acreditar que é mulher; e acreditar que pode, ou poderia, ter filhos."

"Quer dizer que para ser feliz o ser humano precisa estar em paz com as suas ilusões?", Duarte.

"Precisamente", Danilo.

Mírian: (*E quem não tem ilusões? Para com elas viver em paz ou em guerra? E quem não tem dúvidas por falta de certezas?*)

"Ser macho e fêmea simultaneamente é impossível, se não se é personagem de mitologia grega — e aí só se verifica o aspecto erótico da dualidade — ou então ostra, ou drosófila melanogaster —"

"Onde o erotismo não se verifica", Duarte.

"É", Danilo. (*O taquipsiquismo desse cara vai empulhar muita gente; pensarão que é inteligência. A minha paciência se esgota; estou ficando velho; crio cismas, preconceitos? Fico cada vez mais cônscio de minha ignorância e isso me desagrada. Mas não desagradava, quando descobri isso, até gostava e dizia: quanto mais se sabe menos se sabe, repetindo outros, que porém, como eu, na verdade diziam: eu sei muito, ainda falta alguma coisa mas chego lá. Não chego; nem sei o que falta, ao certo; nem sei aonde chegar. Queria ficar quieto, num canto, pensando sem descobrir coisa alguma; nada de diagnósticos, comunicações à Academia, nada de cumprir meu papel sociométrico. E meus filhos? Esses estranhos a quem estamos presos pela inércia do hábito. O ajudante do consertador de televisão me comunica que teve um filho e eu, dentro deste contexto de erros e equívocos — a posse da televisão, e, ainda pior, o conserto da televisão —, lhe pergunto se ele preferia menino ou menina, e o sujeito me responde que queria um filho; e eu pergunto por que e ele diz que um filho é melhor que uma filha, que o filho continua a obra do pai.*)

"Já que tem de ser uma coisa, o que o senhor decidiu que ele vai ser?", Duarte.

"Ainda não sei. Alguma coisa tem que ser feita. Alguma coisa tem sempre que ser feita", Danilo.

"Como é que o paciente se veste?", Fernando.

"Como mulher."

"A convenção jurídica..."

"Mas urina em pé."

"Ah..."

"Seus cabelos são longos..."

"Ainda a convenção jurídica."

"...mas ele sonha que é homem..."

"Ah..."

"...mas nos seus sonhos não existem mulheres, nem outros homens, só ele, e se parece com o Moisés de Michelangelo, cuja figura viu num livro de sua casa."

"Com barbas e tudo?"

"Tudo."

"Interessante..."

"Tem medo de raios e trovões. Mais de trovões... Não brinca com bonecas, nem revólveres. Gosta de ler."

"O quê?"

"Sabatiní, Delly, Karl May, mistura Tarzan com a Filha do Dono do Circo. Lê muito. Não tem amigos ou amigas. É um ser quieto e tímido."

"E os pais?"

"Deixam-no em paz e ele, ela, o paciente, não incomoda ninguém. É obediente."

"Foi examinado por psiquiatras?"

"Eles dizem que não há nada errado com o paciente, a não ser um certo excesso de introversão. Isso hoje. Temem o futuro, no entanto. Mas nada decidem, fazem hipóteses, pulam de Freud para Horney para Adler, e no fim querem saber o que diz o laboratório, o homem das lâminas. Queriam ter tempo, observar mais, mas não há tempo; no caso, o tempo é um inimigo, um veneno para o ser humano. O medo é um veneno, e o ódio, e a frustração e a dúvida, e a estricnina. Mas o pior de todos os venenos — sempre — é o tempo. Estou parafraseando Emerson."

Duarte: (*Não citaria Sartre nunca. Conheço esse tipo de pessoa. Só acredita nos clássicos, os clássicos sobreviveram, passaram o Grande Teste. Quantos anos são necessários? Cinquenta? Einstein fica de fora. Cem? Freud fica de fora. Duzentos? Fora Kant. Trezentos? Isaac Newton riscado. Quatrocentos? Descartes sem chance. Onde é que eles param? Nos gregos.*) Duarte sorriu. (*Eu também tenho uma cultura clássica. Hum, só sei nomes e datas, mas não tem importância, todo mundo só sabe nomes e datas, e epígrafes.*)

"Ainda falta alguma coisa para o senhor decidir?"

"Depende da definição, que ainda não sei fazer. Passamos a vida fazendo definições: eu, você, e você — você (*Mírian*). Definimos todas as coisas; definimos o bem e o mal, o falso e o verdadeiro e achamos que somos livres porque podemos definir. Mas ocorre que somos obrigados a definir e porque somos obrigados a definir não somos livres. Essa definição, quanto ao paciente, eu não sei fazer, mas acabarei fazendo-a e direi que não há dúvidas de que se trata de um homem, vamos destruir suas características femininas. Ou vice-versa."

Fernando: "Tudo que existe tem uma razão de ser. E se nada fosse feito?"

Mírian: (*O nada feito já foi feito. Pensa, Danilo, você já esqueceu? Tem tantas marcas assim o meu rosto que você já não vê aquela — aquele — aquilo?*)

"Você diz...?"

"Se não sabemos o que fazer, nada devemos fazer", Fernando.

"Mas temos que saber."

"Sim. Mas na hipótese de não sabermos é melhor não decidirmos."

Danilo: "Isto é anti-inteligência, anti-homem." (*E também o descanso, o meu desejo fundo, que minha hipocrisia esconde.*)

Mírian, o lápis inteiramente mordido, a sensação de quem rasteja por um túnel negro apertado de ar rarefeito: (*Depois de nove meses de vômitos, dores nas costas, inconforto, depressão, cistite, hemorroidas, economia, algolagnia, a última angústia: medo. O da mãe, o do feto, uma passando o medo para o outro; o do feto o grande medo de todos: medo da vida. O da mulher, o medo da morte, vai crescendo insuportável como o de alguém que se afoga — mas a mulher é dura: e ocorre o alívio, feito de libertação e rejeição, como se o feto fosse fezes há longo tempo reprimidas, como uma luz rompendo o duro invólucro de escuridão que a envolvia, provando a crueldade do ser contra o ser, a solidão de todos. Menino ou menina? Galeria Uffizi. A Sala dell'Ermafrodita: reclinado, de olhos fechados, Hermafrodita sonha; seu rosto de cisne deita-se sobre o braço, seu corpo apoia-se sobre o joelho da perna esquerda ligeiramente encolhida. As pernas, e o torso, e as nádegas são feitos de frescor e imortalidade, chegam a ter paladar e som: de sua mãe Afrodite. De seu pai Hermes: um falo macio, adormecido. On voit dans le Musée antique, sur un lit de marbre sculpté, une statue énigmatique d'une inquiétante beauté. Est-ce un jeune homme, est-ce une femme? Une déesse ou bien un dieu? L'Amour, ayant peur d'être infâme, hésite et suspend son aveu. Uma cópia do original de Policles, diz o guia. Me olha: saberá? Menino ou menina? O que dirão para a mãe, que começa a ficar em paz com o que jogou fora, o corpo estranho que expeliu do seu corpo? Ela quer saber. Vamos, Danilo, diga. Diga — não sei, e eles, pai e mãe, que armem o seu segredo; só deles, uma cumplicidade de crime abominável. Dentro do quarto trancado, como se escondendo um cadáver esquartejado numa mala, a mãe muda a fralda do, da, oh! Meu Deus.*) O horror se abate sobre o coração de Mírian.

"Uiiiiii!" O gemido de Mírian arrepiou os cabelos de Danilo. A sala ficou em silêncio, todos imóveis inclusive Mírian que deitou a cabeça sobre os braços e, em outras circunstâncias, pareceria estar dormindo.

Danilo põe os slides rapidamente numa caixinha. Suas mãos tremem. Ele chegou a uma decisão, e tem pressa.

O GRANDE E O PEQUENO

José, que também era conhecido como Zé Pequeno, para não confundir com o seu primo José, por seu turno conhecido como Zé Grande, sentia que havia alguma coisa no ar, naquele sábado ao chegar em casa de sua tia Helena. Ela limpara suas mãos com álcool apressadamente, sem verificar dedo por dedo, como sempre fazia; e deixara que ele mesmo colocasse no rosto a máscara de gaze antisséptica. Um comportamento dos mais estranhos.

Enquanto punha a máscara, ainda na porta da entrada, Zé Pequeno notou que tia Helena voltava para o sofá, onde estava sua irmã, tia Ermelinda, e juntas começaram a cochichar, com um ar sério e terrível. Zé Pequeno tentou ouvir o que elas diziam, mas não conseguiu. Elas falavam muito baixo e as máscaras de gaze que ambas usavam tornavam as vozes mais abafadas.

A parte do rosto de tia Ermelinda que podia ser vista — os olhos e a testa — mostrava que ela devia estar sofrendo. Os olhos estavam muito vermelhos, como se ela tivesse acabado de chorar; a todo instante ela balançava a cabeça; tia Helena segurava suas mãos. Houve um instante em que ela gritou "a gente cria um filho para isso, meu Deus", e deitou a cabeça no ombro da irmã. Zé Pequeno ficou alerta; a tia Ermelinda só tinha um filho e este era Zé Grande, seu primo e melhor amigo. No entanto, apesar de toda atenção, Zé Pequeno não conseguiu ouvir mais nada, a não ser outro "meu Deus", amortecido. Aproximou-se. Tia Helena perguntou:

"O que queres tu?"

"Pensei que o José estivesse aqui", respondeu Zé Pequeno. Ao ouvir o nome do filho, tia Ermelinda suspirou fundo, fechou os olhos e balançou mais uma vez a cabeça.

"Já imaginaste se a mamãe souber", disse tia Helena.

"Ela não pode saber, não lhe digas nada, poupemos-lhe essa tristeza", respondeu tia Ermelinda.

Tia Helena notou novamente a presença de Zé Pequeno.

"Lavaste as mãos?"

"A senhora limpou com álcool", disse Zé Pequeno.

"Estás sempre cheio de gérmens, vives com o dedo no nariz, não te chegues ao Francisquinho", disse tia Helena.

"Tá, titia", respondeu Zé Pequeno.

"Tá, titia... Os modos desse menino falar", disse tia Helena com desgosto.

"O José está em casa, tia Ermelinda?", perguntou Zé Pequeno.

"Está, está", respondeu tia Ermelinda.

"Até logo titia, até logo titia", disse Zé Pequeno, tirando a máscara de gaze e saindo rapidamente.

A casa de Zé Grande não era longe. Pouco depois Zé Pequeno chegava lá.

"Ô Zé", disse Zé Grande.

"Tia Ermelinda está?", perguntou Zé Pequeno.

"Mamãe saiu", disse Zé Grande caminhando para o sofá que tinha na sala, onde se deitou, de sapatos e tudo. Zé Pequeno sentou numa cadeira. Zé Grande olhava para o teto, mas o seu jeito era de quem nada via. Depois meteu a mão no bolso e tirou um maço de cigarros e uma caixa de fósforos. Acendeu um cigarro, sempre olhando para o teto.

"Você está fumando?", perguntou Zé Pequeno duas vezes. Na segunda Zé Grande disse: "Hein?".

"Você está fumando?", insistiu Zé Pequeno, que nunca tinha visto Zé Grande fumar.

"Estou, não é? Mas olha, isto faz um mal danado, se você fumar você não cresce, entendeu? Eu posso, eu já cresci, mas mesmo assim vou deixar, daqui a uns dias vou deixar."

"É bom?", perguntou Zé Pequeno.

Zé Grande, que já estava olhando de novo para o teto, virou-se e disse:

"O que que é bom?"

"Fumar."

"É ruim", disse Zé Grande.

"Então por que que você está fumando?"

"Burrice", disse Zé Grande. Voltou a olhar para o teto, agora com muito mais intensidade. Zé Pequeno mexeu-se na cadeira, bateu com os pés no chão, chegou mesmo a assobiar, mas Zé Grande continuou distante. Houve um momento em que sorriu, sozinho lá para ele.

"Eu já estou plantando bananeira", disse Zé Pequeno.

Zé Grande não respondeu.

"Tia Ermelinda estava na casa de tia Helena. Eu vim de lá, eu sabia que tia Ermelinda não estava aqui", disse Zé Pequeno.

Zé Grande acendeu outro cigarro.

"Tia Ermelinda estava triste, acho que tinha chorado", continuou Zé Pequeno.

"Mamãe? Como é que foi?", perguntou Zé Grande sentando-se no sofá.

"Estava com o olho vermelho."

"Na casa da tia Helena?"

"É."

"Elas conversavam?"

"Conversavam. Mas não deu para eu ouvir. Elas estavam com aquelas máscaras que a tia Helena põe na cara da gente para não contaminar o Francisquinho."

"Como é que você sabe que ela estava chorando?"

"Ela estava com os olhos vermelhos. E suspirava, dizia 'meu Deus', a toda hora."

"É Zé, o negócio é de amargar", disse Zé Grande dando um suspiro, coisa que Zé Pequeno também nunca tinha visto.

"Acho que é um negócio que elas não querem que a vovó saiba", disse Zé Pequeno.

"Você ouviu isso?"

"Ouvi. Mas depois a tia Helena me mandou embora. Aí eu vim embora."

"Nem vovó, nem ninguém", disse Zé Grande.

"O que é que está acontecendo?", perguntou Zé Pequeno.

"As famílias são coisas muito estranhas", disse Zé Grande. "Porra!"

Zé Pequeno tremeu.

"Ah, Zé, era bom se você fosse maior."

"Eu já sou grande", disse Zé Pequeno.

"É sim, é sim", disse Zé Grande sorrindo sem alegria, "mas ainda não dá para me ajudar."

Zé Grande ficou andando pela sala. Um longo tempo para Zé Pequeno, que não sabia o que dizer, ou o que fazer, além de acompanhar o primo com os olhos. Afinal dona Maria Amélia, a avó, surgiu na sala. Estendeu a mão direita para Zé Pequeno tomar a bênção. Zé Grande continuou andando pela sala.

"Tu estás doente?"

"A senhora está falando comigo?", perguntou Zé Grande, olhando enviesado para a avó.

"Estou", disse a avó.

"Não, senhora."

"Hum", disse a avó.

"Eu estou com cara de doente?", perguntou Zé Grande.

"Ninguém me diz nada", disse a avó. "Principalmente tu. E tu também, diabrete", disse ela olhando para Zé Pequeno. Então lembrou-se do próprio filho, que era a cara do neto, o filho que queria curar as dores do estômago com vinho quente e açúcar. "Olha, vem cá, tenho aqui umas balas para ti." Abriu a cristaleira e de dentro de um púcaro de cristal vermelho tirou um saco de balas.

"Tive que as esconder...", disse a avó, falando para bom entendedor.

Zé Pequeno guardou as balas no bolso. "O vovô está?", perguntou. Só faria aquela pergunta.

"Deve estar, não sei. Provavelmente comendo marmelada escondido, no seu quarto."

"Vou lá falar com ele", disse Zé Pequeno.

"Hum!", disse a avó.

Zé Pequeno foi até os fundos da casa. Chegou numa área, onde havia roupa dependurada secando. Bateu na porta.

"Quem é?"

"É o José."

A porta foi aberta.

"A bênção, vovô", disse Zé Pequeno procurando a mão do avô.

"Entra, entra, sabes que não posso ficar muito tempo de pé."

Zé Pequeno entrou. O avô fechou a porta a chave.

"Já viste isto aqui?", perguntou o avô apontando para a mesa, onde no meio de uma porção de ferramentas via-se uma gaiola com um passarinho.

"É de verdade?", perguntou Zé Pequeno, notando que o passarinho estava imóvel.

O avô apertou um botão na gaiola e imediatamente o passarinho começou a cantar. Cantou um minuto, mais ou menos.

"Não dizes nada?", perguntou o avô.

"Faz ele cantar de novo", disse Zé Pequeno.

O avô virou a gaiola de cabeça para baixo, enfiou uma chave numa fenda. "Sem corda ele não canta. Sem corda ninguém canta."

"Posso apertar?", perguntou Zé Pequeno.

"Pode", disse o avô.

Os dois ficaram em silêncio ouvindo o passarinho cantar.

"Gostaste? Queres que eu to dê?"

"Não, vovô, muito obrigado. E o senhor?"

"Farás dele melhor uso que eu. Sabes, comprei-o por duzentos cruzeiros num belchior, a corda estava quebrada, a gaiola toda suja, o passarinho com um ar doente. Vê agora: limpei pena por pena, consertei-lhe o bico. Mas o que deu trabalho realmente foi fazer-lhe o canto mais alegre."

Com o indicador e o polegar o avô começou a limpar laboriosamente o nariz: um nariz grande, adunco, parecia um velho gavião.

"Queres uns doces?", perguntou o avô.

"A vovó já me deu umas balas."

"Essas balas são muito ordinárias. Estavam dentro da cristaleira, não estavam?"

"Estavam."

"Não tem o menor sabor. E são demasiadamente duras. Mas os doces que vais provar são uma especialidade."

O avô abriu um armário fechado a chave e tirou, debaixo de um monte de roupas, uma lata.

"São feitos de uma geleia finíssima de frutas, desmancham na boca", disse o avô.

Zé Pequeno tirou um doce.

"Esse não, apanha um dos vermelhos. Os vermelhos são mais gostosos."

Zé Pequeno botou o doce na boca.

"Não o mastigues", disse o avô. "Aperta-o com a língua de encontro ao céu da boca, deixa-o derreter. Como se fosse uma hóstia."

Zé Pequeno comeu mais dois doces. Depois o avô fechou a lata e guardou-a de novo no fundo do armário.

"Sabes o que vou fazer agora? Vou consertar este relógio. Fecha a porta, quando saíres."

Zé Grande esperava Zé Pequeno na sala.

"Vamos dar uma volta."

"E a vovó?", perguntou Zé Pequeno.

"Foi para o quarto dela."

Na rua, enquanto andavam, Zé Grande foi dizendo para Zé Pequeno:

"Ser feliz é melhor do que ser rico. A melhor coisa do mundo é amar e ser amado. Você entende isso?"

"Entendo", disse Zé Pequeno.

"A vovó está brigada com o vovô. Há vinte anos que eles não se falam, morando na mesma casa. Você entende isso? Mas espera, não responde já. Outro dia eu vi a vovó no quarto lendo umas cartas que depois escondeu quando me viu entrar. Ontem eu consegui ler essas cartas, sem ela saber. Eram as cartas que o vovô escreveu para ela, quando nem você nem eu éramos nascidos, e ela estava em Portugal e ele aqui arrumando a sua vida para os dois poderem se juntar novamente. Você entende isso?"

Zé Pequeno não respondeu.

"Não, você não entende, não é? Mas eu entendo, ainda que não saiba explicar direito para você. Mas a vovó morreria de desgosto se soubesse que eu sei, mesmo que eu dissesse, vovó, eu entendo muito bem, e gosto mais da senhora por isso. A história das cartas, entendeu?"

Depois Zé Grande ficou em silêncio, enfiou as mãos nos bolsos, parou de andar e ficou olhando para o chão.

"É por isso que você anda meio triste?", perguntou Zé Pequeno.

"O ruim é que um tataravô qualquer da gente foi estribeiro-mor do Reino, ou pelo menos eles acreditam nisso. Tia Helena tem até o desenho da cota d'armas."

"Ela tem um anel", disse Zé Pequeno.

"É isso mesmo, ela tem até um anel", disse Zé Grande, e isto pareceu preocupá-lo ainda mais, pois ele franziu a testa e fechou a boca com força.

"Então dom Pedro I abdicou e foi para Portugal para brigar pelo trono com aquele cachorro do dom Miguel, como dizem que ele teria dito. Mas dom Pedro não disse o cachorro do dom Miguel, disse aquele filho da puta, e eram filhos da mesma mãe. E a nossa família, o estribeiro e o resto da curriola, eram todos miguelistas e entraram pelo cano. Ficaram numa merda tão grande que os descendentes deles acabaram tendo que vir para o Brasil. Vovô, vovó, nossos pais, as tias. Vovô acabou dono de padaria, mas você não entende o significado disso. Mas não vai se chatear comigo por dizer a todo instante que você não entende isto nem aquilo, pois eu mesmo só comecei a ver as coisas no fundo muito recentemente."

"É por isso que você anda triste?", perguntou Zé Pequeno.

"Ah! Zé", disse Zé Grande tão desamparado que Zé Pequeno teve vontade de chorar.

"Todos eles", continuou Zé Grande, "são orgulhosos, têm o orgulho maior daqueles que não são, mas podiam ter sido. E eu vou desgraçar todos."

"É por isso que você anda triste?", perguntou Zé Pequeno.

"Ninguém me segura", disse Zé Grande com a mesma cara do dia em que Zé Pequeno lhe perguntou se ele aguentava uma martelada no braço e Zé Grande arregaçou as mangas da camisa e disse, fazendo muque, pode bater, e Zé Pequeno bateu com força e ele fez aquela cara.

"Ninguém me entende, mas eu entendo eles todos. Teu pai, que era o caçula, morreu de úlcera no estômago, tomando vinho quente e tocando guitarra, envolvido na sua capa preta de Coimbra. Ele acreditava mais no estribeiro que todos os outros. É um dos que mais amo na família, depois do tio Jacinto, que dizem ter sido maluco. Não conheci nenhum dos dois. Tua mãe, a última a chegar aqui, veio com você na barriga e ele ficou lá para morrer."

"A mamãe diz que você parece o tio Jacinto."

"É porque eu não quero saber da padaria e o tio Jacinto não seria padeiro nem depois de morto."

"Mas a mamãe sempre diz que é a melhor padaria do Rio de Janeiro."

"É possível", disse Zé Grande. "Mas liquidou a nossa família. A padaria e o estribeiro: as coisas não combinavam."

"Mas a padaria é boa", disse Zé Pequeno.

"Tia Helena olhava tanto para o passado que o médico achou bom ela ter um filho para poder olhar para o futuro, apesar de velha para isso. Teve o Francisquinho, mas o anel, o anel!, está dentro de uma caixa de veludo."

Zé Pequeno estava perturbado. Nunca tinha visto Zé Grande daquele jeito, falar com aquela voz, aquelas coisas.

"Meu pai era de uma família de montanheses analfabetos, criadores de ovelhas. Conheceu mamãe aqui. Eles gostam de se casar entre eles. Papai acabou logicamente na padaria do pai dela. Ele e o tio Joaquim, que casou com tia Helena. Só que tem que um dia, quando estava atrás da caixa registradora, o coração do papai pifou: ele estava cansado de trabalhar, trabalhava desde os oito anos, como um mouro, era mais novo que você e já trabalhava dezesseis horas por dia. Como demorei a ver essa história toda! O tio Joaquim ainda aguenta, mas a cara dele! E pai aos cinquenta anos! Eles gostam de se casar entre eles."

Chegaram perto de um vendedor de pipocas.

"Você quer pipoca?"

"Não quero não", disse Zé Pequeno.

"Que é isso, Zé? Você é louco por pipoca", disse o primo fazendo força para parecer o Zé Grande antigo.

"Está bem", disse Zé Pequeno fingindo que era o Zé Pequeno antigo. Certo porém que se Zé Grande não era mais o mesmo ele também não era.

Voltaram para casa, cada um para a sua, em silêncio. Moravam no mesmo bairro. Antes de entrar em casa Zé Pequeno ficou vendo Zé Grande se afastar.

Tia Ermelinda estava com a sua mãe.

"Viste o José?", perguntou tia Ermelinda.

"Vi", disse Zé Pequeno.

"Ele está em casa?", perguntou tia Ermelinda.

"Está. Nós saímos para comer pipoca. Depois ele foi para casa."

Zé Pequeno foi até seu quarto, apanhou um livro, voltou para a sala, e sentou-se numa poltrona segurando o livro de maneira que o seu rosto não pudesse ser visto pelas duas mulheres.

"E tu lhe falaste?", disse Regina, mãe de Zé Pequeno.

"Não, de que adianta, ele é tão teimoso", disse tia Ermelinda.

"Tal e qual o tio Jacinto", disse Regina.

As mulheres falavam baixo. Zé Pequeno fechou os olhos para poder ouvir melhor, pois as letras do livro estavam atrapalhando.

"Ai! Meu Deus, tenho rezado tanto", disse tia Ermelinda.

"Os filhos só nos dão sossego quando são pequenos", disse Regina.

Fez-se um silêncio. Contra a sua vontade Zé Pequeno olhou por cima do livro e, como temia, sua mãe olhava para ele. Os olhares dos dois se cruzaram e sua mãe levantou-se e abraçou-o com força, ajoelhada no chão para os corpos se encontrarem melhor.

Beijou-o várias vezes no rosto. "Este menino só me dá alegrias", exclamou.

"Eles crescem, eles crescem, e nós os perdemos", disse tia Ermelinda ofendida.

Ao ouvir isso a mãe de Zé Pequeno agarrou-o pelo pescoço quase lhe tirando o ar.

Depois disso pouca coisa, ou quase nada, foi dito que pudesse esclarecer o mistério. As duas mulheres emudeceram e Zé Pequeno cansou de ficar olhando para o livro naquela posição inconfortável. Mais tarde tia Ermelinda foi embora.

Era sábado. Zé Pequeno colou figurinhas no seu álbum, jantou, andou pela casa, arrumou seus livros de histórias, brincou com uma bola de borracha, fez o dever do colégio, ouviu o jogo de futebol pelo rádio e foi deitar na hora que sua mãe mandou.

Mas não dormiu logo. Nem figurinha, nem bola, nem livro de história, nem jogo de futebol e muito menos dever da escola haviam conseguido afastar suas preocupações. Ele precisava fazer alguma coisa. Então ficou muito forte. Primeiro quase igual e depois igual ao primo. Vergou uma barra de ferro; prendeu um ladrão armado de faca que entrou em casa de tia Ermelinda, salvou Zé Grande do ataque de oito vagabundos; a família toda se reuniu para ouvir a sua palavra: e ele falou e todos responderam "é isso mesmo, é isso mesmo, tu tens razão", e satisfeitos puseram-se a cantar, acompanhados por sua mãe ao bandolim.

Domingo ia haver o arroz de polvo na casa da avó. Ninguém fazia um arroz de polvo igual à avó; a tia Ermelinda era a que chegava mais perto.

Estavam todos reunidos, com exceção do avô, pois ele e dona

Maria Amélia nunca ficavam juntos no mesmo recinto. A avó sentou-se na cabeceira, de um lado o tio Joaquim, do outro Zé Grande, ao seu lado Zé Pequeno e depois tia Ermelinda, tia Regina, tia Helena, fechando o círculo.

O caldeirão veio para a mesa, trazido pela empregada. Regina levantou-se e fez o prato do avô. "Leve-o ao papai", disse para a empregada. Os outros pratos foram feitos pela avó.

Começaram a comer em silêncio. Quando chegou no meio do seu prato tio Joaquim afastou a cadeira, ajoelhou-se e disse: "Essa coisa divina deve ser comida de joelhos".

"Deixe de momices", disse a avó satisfeita.

"Tens ainda muito que aprender para fazeres um arroz igual ao da mamãe", disse tia Helena para tia Ermelinda.

"Pois, pois", disse tia Ermelinda forçando o sotaque e todos riram. Todos, menos Zé Grande.

Parando de rir no meio do seu riso, Zé Pequeno percebeu que um novo dia não acaba com velhos problemas. Para os outros devia haver uma saída que não existia para Zé Grande. Ele disse ninguém me segura, pensou Zé Pequeno: quando eu crescer também ninguém me segura.

Enquanto isso o resto da família discutia as comidas que a avó fazia.

"E as febras em vinha-d'alhos?", perguntou tia Helena.

"Ninguém faz igual."

"Nem a Maria do Gago, lá na santa terrinha."

"As febras de Maria do Gago eram uma delícia", disse a avó, modestamente, "vinha gente de Vila Real para comê-las, aquela saloia sabia como fazê-las."

"Toda comida boa foram os pobres que inventaram. Carnes

ordinárias, rabos, costelas, tripas, cujo preparo foi sendo refinado", começou tia Helena.

"Tripas", cortou tio Joaquim, "ai Jesus, dona Maria Amélia, a senhora precisa fazer umas tripas à moda do Porto para este seu pobre genro."

"É só isso que queres?", perguntou a avó, sabendo o que viria depois.

"E uma açorda, um bacalhau à Gomes de Sá regado ao azeite, umas iscas, uma sopa de nabiças, umas sardinhas ao escabeche guardadas de dez dias, um sarrabulho: tudo que a senhora faz é digno de reis", disse o tio Joaquim.

"Quem gosta muito de sarrabulho é o meu neto José. Como todos os homens fortes", disse a avó.

"Eu também gosto", disse Zé Pequeno.

"Tu também, tu também", disse a avó.

Zé Grande ficou em silêncio.

"Comeste pouco hoje", disse a avó.

"Estou sem fome."

"Precisas comer, saco vazio não se põe em pé", disse a avó.

"É verdade", disse Zé Grande.

Outro prato foi levado para o avô.

"Se eu ainda fosse moço sabem como eu terminava este banquete?", perguntou tio Joaquim. "Com umas sopas de cavalo cansado: uma malga cheia delas."

Com isto o almoço terminou. Tio Joaquim levantou-se dizendo que ia "tirar uma pestana".

"Eu e o Zé vamos dar uma volta", disse Zé Grande.

"Aonde vais?", perguntou tia Ermelinda.

"Dar uma volta."

"Sim, mas aonde?", insistiu tia Ermelinda.

"Uma volta, mamãe, uma volta, por aí."

Na rua Zé Grande disse:
"Olha, Zé, você vai conhecer uma pessoa."
Zé Grande andava depressa pela rua. Para acompanhá-lo Zé Pequeno vez por outra tinha que correr. Afinal chegaram num lugar onde Zé Grande parou e ficou feliz de repente, como se tocado por uma mágica, sorriu, e Zé Pequeno também sorriu e ficou feliz sem saber por que até que deixou de olhar seu primo e olhou para onde ele olhava e viu a moça caminhando e nesse instante, como quando acontecia quando corria no cavalo que estava dentro de sua cabeça ao brincar de mocinho e bandido fazendo com a boca o fundo musical no seu onírico galope lúcido, uma música começou a tocar, uma música que vinha da moça, mas não era ela que fazia, uma música que abafava os outros sons e o envolvia como se fosse uma nuvem.

Zé Grande segurou as mãos da moça, e ambos ficaram olhando um para o outro sem dizer uma palavra, sorrindo e deixando de sorrir e sorrindo de novo, sem os olhos se afastarem, um longo tempo.

"Esta aqui é minha namorada e vai ser minha mulher dentro em breve."

A moça estendeu a mão e afagou a cabeça de Zé Pequeno, enfiando de leve as pontas dos dedos entre os seus cabelos. Ela era alta, quase da altura do primo.

"Além de você, ele é o outro amigo que tenho no mundo", disse Zé Grande para a moça.

"Como é o teu nome?", perguntou a moça. "O meu é Maria Aparecida."

"José."

"José... adoro este nome", disse Maria Aparecida, e novamente ela e Zé Grande começaram a sorrir um para o outro.

Estavam numa praça. Sentaram-se num banco. Maria Aparecida entre os dois Zés. O braço nu dela roçava no ombro de Zé Pequeno; do seu corpo saía um perfume diferente do de todas as mulheres que conhecia.

"A mamãe nos viu", disse Zé Grande.

"Viu?", perguntou Maria Aparecida e Zé Pequeno sentiu o seu corpo se retesar.

"Viu", disse Zé Grande, apoiando os cotovelos nas pernas e dobrando a cabeça sobre as mãos espalmadas.

"Ela disse alguma coisa?", perguntou Maria Aparecida.

"Falou só que tinha me visto", disse Zé Grande, com a cabeça ainda arriada.

"Você não havia falado nada com ela... sobre nós...?", disse Maria Aparecida.

"Não. Que se fritem!"

"Eu te disse, meu bem, que não era possível, eles... eles... não... me aprovariam nunca."

"Que se fritem", repetiu Zé Grande, levantando a cabeça.

O que será que eles fizeram?, pensou Zé Pequeno. Que coisa ruim, que maldade, que erro cometeram? Então Zé Pequeno também fincou os cotovelos nas pernas e enfiou as mãos no rosto sem saber o que fazer.

"Eu tive outras mulheres", disse Zé Grande, com urgência.

"Eu sei, meu bem."

"Outra mulher."

"Não faz mal."

"Mas eu amo é você."

"Eu sei", repetiu Maria Aparecida.

"Quero que você saiba tudo. E você também, Zé."

Zé Pequeno não sabia o que dizer.

"Zé, que inferno você ser pequeno."

"Nós somos portugueses", continuou Zé Grande. "Ser português é uma tragédia."

"Eu sou brasileiro."

"Teu pai tocava guitarra, estudou em Coimbra, chorava quando lia os sonetos de Camões."

Depois disso fez-se outro silêncio.

"Porra!", continuou Zé Grande. Coisa que Maria Aparecida, por seu turno, nunca tinha ouvido daquela boca, e destarte olhou assustada para o namorado.

"Dentro de mim existe a dor dos corações que eu vou ferir, Zé, se você fosse maior nós íamos juntos tomar um enorme porre."

Zé Pequeno levantou-se e abraçou Zé Grande.

"O que importa é vocês dois. Minha mãe que se frite, que se frite minha avó, dona Maria Amélia, dona Amélia fazedora de polvos e papas de nabiça, e dona Helena, guardiã do anel, o anel, o sinete... Os homens, o avô, o tio Joaquim, esses me entendem há mais de quatrocentos anos."

Zé Pequeno e Maria Aparecida ouviam gravemente.

"Onde é que você quer morar?", perguntou Zé Grande.

"Qualquer lugar", disse Maria Aparecida.

"Longe?"

"Longe; perto de você", disse Maria Aparecida.

"Então você se prepara que nós vamos embora."

"José!...", disse Maria Aparecida assustada.

"Vamos embora, com eles não há acordo possível... E eu estando longe, eles sempre podem fingir que eu morri..."

"Você acha que nós devemos?...", perguntou Maria Aparecida.

"Nós vamos casar, eu não toco em você até nos casarmos", disse Zé Grande.

"Você me perdoa?", perguntou Maria Aparecida enxugando as lágrimas do rosto.

"Você está ouvindo alguma novela?", brincou Zé Grande. E pensava, muito subterrâneo: a miséria confunde as pessoas, se como ela eu morasse numa vaga ordinária de um quarto de subúrbio e como ela tivesse a chance de casar com a filha do dono da padaria — a loura filha do rei, que eu amava —, eu também temeria botar tudo a perder e por momentos seria um esquematizador de soluções. Mas só por momentos. Só por instantes. O amor está por cima disto tudo, ou então não é amor.

Enquanto isso Maria Aparecida tinha dito: "Você sabe que eu não gosto de novela".

"Se eu dissesse — vamos para a cama agora, você ia?", disse Zé Grande.

Maria Aparecida olhou para Zé Pequeno.

Zé Grande disse com voz baixa: "Responde".

"Ia. Eu quero ir."

"Mesmo sabendo que amanhã, um dia, eu posso te deixar?"

"Isso não me interessa. Não quero pensar no que vai acontecer. Sei que você não vai me amar a vida inteira."

Enquanto eu a amar, essa é a vida inteira — pensou Zé Grande, e sentiu que os seus olhos ardiam. Passou o braço em torno do ombro de Maria Aparecida e disse: "Eu vou te amar sempre", numa voz ainda mais baixa.

Depois disso os dois ficaram em silêncio, com um ar cansado de quem ganhou parte de uma longa luta difícil.

Zé Grande levantou-se. "Vai para casa. Faz as malas. Vamos embora amanhã. Agora vou comprar as passagens."

"Amanhã?", perguntou Maria Aparecida levantando-se.

"É. Vai. Não temos tempo a perder."

Zé Grande saiu andando apressadamente. Maria Aparecida sentou-se no banco outra vez.

"Eu não queria que nada disso acontecesse, que ele brigasse com a família..."

Zé Pequeno olhou para ela gravemente, fechado.

"Juro por Deus", exclamou Maria Aparecida.

"Eu tenho que ir para casa", disse Zé Pequeno, sem olhar para Maria Aparecida.

Depois de dar alguns passos Zé Pequeno olhou para trás e viu que Maria Aparecida continuava sentada no banco, "Você não vai fazer o que ele mandou?", perguntou imperativo.

Maria Aparecida levantou-se, esfregando os olhos com as costas da mão. "Vou."

Zé Pequeno vigiou a moça se afastando. Depois foi para casa de sua avó.

Continuavam todos em torno da mesa, coberta com a toalha de bordados azuis. Ao surgir Zé Pequeno fez-se um silêncio súbito e envergonhado.

"Onde está o José?", perguntou tia Ermelinda.

"Ele, ele — não sei", disse Zé Pequeno.

"Não sabes? Como, não saístes juntos?", perguntou Regina.

"Mas eu não sei", disse Zé Pequeno.

"Não mente para tua mãe!", ordenou Regina.

"Não estou mentindo", disse Zé Pequeno.

"Ele está mentindo sim", disse a avó, "nunca fui enganada por uma criança."

"O vovô está me esperando", disse Zé Pequeno.

Quase correndo Zé Pequeno foi para o quarto do avô. Bateu na porta, dizendo logo: "É o José".

O avô destrancou a porta. Zé Pequeno entrou.

"Esqueceste o passarinho", disse o avô.

"Foi", disse Zé Pequeno.

"Vais levá-lo agora?"

"O senhor gosta do José?", perguntou Zé Pequeno.

"Gosto. Sabes, ele se parece com o meu pai... Meu pai era forte assim como ele, um homem bonito que virava a cabeça das mulheres... Minha mãe tinha-lhe um ciúme imenso, fez tudo para desgraçar-lhe a vida... Era um virago... Essas mulheres da nossa família são todas umas megeras..."

Com o polegar, e delicadamente, o avô começou a limpar o nariz, que a essa altura estava vazio. Frente a frente o avô e o neto se olhavam e nada existia entre eles que obstasse o olhar direto de um e outro.

"O que é que tu tens?", perguntou o avô.

"Está todo mundo contra o José", disse Zé Pequeno.

"Elas se cansaram de mim, eu resisti e venci." Dizendo isso o avô agarrou a sua bengala e com dificuldade pôs-se em pé. "Venci."

Nesse instante bateram na porta.

"Quem é?", perguntou o avô, forte e grosso.

"Sou eu, Regina."

"Agora estou ocupado com o meu neto", disse o avô.

"Abra pelo amor de Deus, preciso falar-lhe."

A porta foi aberta. O rosto de Regina estava transtornado.

"O senhor precisa ir à sala, imediatamente", disse Regina. "E não sabias de nada!", murmurou para Zé Pequeno.

"E dona Maria Amélia?", perguntou o avô.

"Foi ela que pediu que o senhor viesse", disse Regina.

"Ah", disse o avô.

Apoiado em sua bengala o avô caminhou para a sala, seguido de Zé Pequeno e Regina.

Na sala estavam dona Maria Amélia, tia Ermelinda, tia Helena e o tio Joaquim. E também Zé Grande, que dizia:

"Vocês quando vieram para aqui tiveram medo de ter filhos. E eu terei quantos ela quiser, espero que sejam muitos."

"Meu filho, como podes dizer uma coisa dessas... Os pobrezinhos, eles não têm culpa..."

"Pobrezinhos por quê?", perguntou Zé Grande.

"Tu sabes..."

"Não sei", berrou Zé Grande.

"Sabes..."

"Não sei, não sei. Por que a senhora não diz para mim? Está com medo?"

"José", disse a avó, "o que queres fazer é uma sandice."

"Por quê?", desafiou Zé Grande.

"Porque é", disse a avó.

"Eu digo", disse tia Ermelinda, "tu não podes casar com essa, com essa..."

"Anda, mamãe, diz", desafiou Zé Grande, com amargura.

"...com essa negra... É isso que ela é, meu filho, uma negra..."

"E o tataraneto do estribeiro não pode casar com uma... mulata, não pode, não é? Mulata, o pai dela era português, fiquem sabendo, nasceu na terra de vocês, mas não tinha estribeiro na família... Vai ver esse merda desse estribeiro nem sequer existiu..."

"Contenha-se!", gritou o avô.

"Não existiu?", gritou tia Helena. "Estás mesmo louco! O conde de Sabrosa, estribeira-mor do Reino não existiu? Deliras! Cavalgava à direita do rei, ajudava o rei a montar no seu cavalo e quando o rei ia de carruagem ele cavalgava ao lado da porta... Era um nobre importante, um homem alto e bonito, valente e poderoso. Era pai do avô do teu pai e o sangue dele corre nas tuas veias!"

Tia Helena sentou-se, com a mão sobre o fígado, que ela tinha fraco.

"Eu te peço...", disse tia Ermelinda.

"Vais acabar com esta moça hoje mesmo", disse a avó.

O avô, que estava sentado, levantou-se e disse, fazendo sua voz mais grossa ainda:

"Deixai o rapaz casar com quem bem entender!"

"Não se meta nisso", disse a avó.

"Foi vossa senhoria que me chamou", disse o avô entre os dentes com tamanho ódio que dona Maria Amélia empalideceu, "e mesmo que não me chamasse, e eu soubesse o que aqui se passava, aqui viria para dizer: ele que se case com a mulher que escolheu!, e dizer-vos, fêmeas infelizes, que quem manda nesta casa sou eu" — e deu uma violenta bengalada na mesa, um estrondo que fez as mulheres se juntarem e correrem pela sala como um bando de andorinhas.

"Não se atreva", disse dona Maria Amélia, de entre as mulheres aglomeradas num canto.

"O quê? o quê?", disse o avô levantando a bengala sobre a cabeça como se fosse um machado e caminhando trôpego e furibundo na direção das mulheres.

"Papai, papai...", implorou tia Ermelinda.

O avô parou. Virou-se para Zé Grande e disse: "Vai! Sê homem!".

"Ele vai se arrepender", disse tia Ermelinda, chorando compulsivamente. "Coitadinho do meu filho, meu pobre filho..."

Zé Pequeno correu atrás de Zé Grande que se retirava.

Na rua Zé Grande mostrou a Zé Pequeno uns papéis. "Já tenho as passagens", disse. O seu peito largo parecia ter esvaziado. "Não vou me arrepender não, mas se me arrepender eles não vão saber de nada, eu não volto nunca mais, eles nunca mais vão me ver."

Nada mais havia a dizer. Os dois se olharam, como dois meninos.

"Eles que se fritem!", disse Zé Grande, num sopro. E foi-se embora.

MADONA

Eu não tinha um plano muito definido: mas uma coisa era certa: eu não queria Elizabeth, nem nenhuma das outras garotas conhecidas. Eu queria uma coisa, uma coisa diferente e que fosse para valer. Do quarto veio a voz do meu pai, e o aparelho de barba? Meti rápido a cara no livro de química, antes que minha mãe respondesse já botei aí. Fiquei olhando as páginas do livro, sem ler, é claro, eu estava era pensando. Ufa, disse minha mãe, como é cansativo fazer malas. Minha mãe cansa à toa.

Minha mãe entrou no meu quarto, perguntando, quer dizer que você não quer mesmo vir?, e eu, fingindo surpresa, levantei os olhos do livro e respondi, ahn? Quer dizer que você não quer mesmo ir?, insistiu ela. Eu repeti que tinha prova segunda-feira, que tinha de estudar, que estava atrasado na matéria: como era possível ir passar o fim de semana em Teresópolis? Está bem, está bem, a Shirley só volta domingo de noite: não se esqueça de fazer as refeições na casa da sua avó, disse ela. Eu respondi OK, OK, mal levantando os olhos do livro. Mas mãe não desiste assim: ela exigiu uma promessa, promete que vai fazer as refeições na casa da tua avó; então eu coloquei a mão esquerda sobre o meu coração e levantando a direita disse, prometo que vou fazer as refeições na casa da minha avó; em seguida acrescentei: esta química é fogo. Nessa hora entrou o meu pai e disse, até a volta meu filho, juízo, hein?; só isso, eu e o meu pai conversamos pouco, discutimos muito, mas conversamos pouco. Respondi, até a volta papai, até a volta mamãe, boa viagem.

Ouvi os ruídos que ambos faziam se retirando do apartamento. Corri para a janela, e, escondido, vi os dois entrarem no automóvel, o automóvel partir e então, só então a minha aflição passou e eu dei um pulo enorme para o ar enquanto berrava iaúdabadabadu! Depois, tirei a roupa e nu tentei dançar um twist, mas não dá pé, nu, e assim, vesti minha bermuda, camisa esporte, sandália japonesa, óculos escuros e me mandei para a praia.

Encontrei logo esse cara que veio me dizer que o dia estava bom para jacaré, como se eu estivesse a fim de apanhar jacaré. Sérgio, ouvi o grito fininho, olhei e era a chata da Elizabeth que já vinha andando na minha direção; isso é uma coisa que ela faz bem, andar, ela anda bonito, mas também é só; tem também o corpo, que não é de se mandar para o bispo; mas ela é muito chata. Alô, Sérgio, disse ela, enquanto eu respondi, o que há? e por seu turno ela respondeu, tudo azul. Em seguida ficamos em silêncio, o vento mexendo nos cabelos dela. Eu fiz para ela uma cara que queria dizer, olha você pode continuar me adorando, mas eu não quero nada com você entendeu?, mas ela não entendeu porque me perguntou, o que você vai fazer hoje de tarde? Respondi que ia estudar. Ela disse que tinha um filme bom no Rian. De quem?, eu perguntei e ela respondeu que era do Ingmar Bergman, mas quando eu achei esquisito um filme de Bergman passar no Rian, que só passa porcaria, ela disse que estava brincando, que era um filme do Rock Hudson. Eu bronqueei, você está me achando com cara de ver filme do Rock Hudson? Ela ficou chateada comigo, disse ah você é muito bobo, e voltou para a barraca dela. Andando bonito. Era uma das poucas garotas que de costas ficava bem de biquíni.

Zanzei pela praia olhando as garotas. As melhores são aquelas que leem livros, com jeito elas acabam topando tudo. Mas o diabo é que as que leem livros na praia são quase sempre feias. As que jogam vôlei às vezes servem, às vezes não servem; as que vão para a praia muito pintadas e penteadas, e nunca caem na água, essas não valem nada, só vão com o sujeito a lugares públicos onde tenha muita gente, querem ser vistas, seja lá por quem for, homem, mulher, criança ou velho, só isso que elas querem.

Perguntei ao banhista se ele tinha visto a Carminha, mas Carminha não tinha aparecido. E aquela que anda sempre com ela?, perguntei. Aquela da lambreta?, perguntou ele. Também não tinha dado as caras.

Na hora do almoço eu estava num bar com amigos. Nem pensava na minha avó. Pensava que a manhã já tinha passado em brancas nuvens. E no entanto a primeira frase que disse para os amigos no bar foi que o lugar que tem mais mulher no mundo é o Rio de Janeiro. E está ficando cada vez melhor, respondeu um cara. Tudo naquela base, disse outro. E foi nesse instante que eu vi, na mesa em frente, uma garota. Me veio logo uma ideia, assim sem mais nem menos, que aquilo ia render, que me fez acender um cigarro e tentar encontrar o olho da moça. Afinal, nossos olhos se encontraram. Ela ajeitou os cabelos e sorriu para a amiga ao lado, devia ser para mostrar os dentes para mim, eram lindos; depois acendeu um cigarro e passou a soprar a fumaça de maneira provocante. Estará dando bola?, pensei. Achei que estava, mas resolvi checar, eu não queria levar um fora ali, na frente de todo mundo. Primeiro passo: mudar de mesa, ir conversar com alguém numa outra colocada em tal posição que a moça, para me ver, tivesse que virar o rosto ligeiramente. Fui para outra mesa. Salve, disse pros caras que estavam lá; dali via a moça de perfil. Ela virou o rosto um pouquinho; mas isso não deu para me ver, quando muito eu devia aparecer todo embaçado. Ela virou mais o rosto, os nossos olhos se encontraram, o meu coração bateu com força. Para mim isso não chegou, eu queria jogar na certa. Segundo passo: ir para trás do lugar onde ela estava; assim, ela teria que se virar toda para saber onde eu estava, se saí, se fiquei. Se estivesse interessada, é claro.

Fui para uma mesa estrategicamente colocada. A sorte é que eu conhecia todo mundo. Vista de trás a cabeça dela também era bonita. O raio da garota era toda bonita. Como seriam as pernas? O peito eu já podia prever: era mais ou menos. Sentei-me, puxei conversa. Ouvia por alto: uma matada daquelas não é sopa, rapaz vou te contar: com uma queda de corpo ele deixou o beque órfão de pai e mãe; por um instante a bola ficou presa no seu peito como se fosse uma medalha, depois ele deixou ela escorrer pelo corpo e antes de dar o chute olhou para o goleiro que fascinado deixou a bola entrar sem fazer um movimento sequer; o crioulo é fogo.

A moça começou a virar o rosto, em estágios. Mas para me ver ela tinha que mexer o bumbum na cadeira, ela não era águia do zoológico para virar o rosto cento e oitenta graus. Foi o que ela fez. Encaramo-nos novamente. Eu fiz um movimento com a cabeça: lá fora. Ela riu e voltou à posição anterior. E agora?, pensei. Voltei para a primeira mesa. Estávamos frente a frente, quando muito três metros de distância.

Vou lá, vou lá, comecei a falar com os meus botões. Eu fumava, ela fumava. Ela fazia caretas sutis, eu devia estar fazendo o mesmo. Afinal enchi-me de coragem e caminhei em direção a ela. Alô, um som curto, mas todo tremido, meu. Alô, respondeu ela. Existiam outras pessoas na mesa mas eu não tinha coragem de olhá-las. Enfiei as mãos no bolso, passei as mãos nos cabelos, chutei uma chapinha no chão. Ela então respondeu, depois do que me pareceu um longo tempo, em que ela me observou, sorrindo: mais um pouco, estou esperando o meu noivo. Sorri também, não passei recibo, disse está certo, e bati em retirada. Estariam rindo de mim, pensei enquanto meu rosto pegava fogo; que papelão, que filha da —

Sentei-me numa das mesas, não me lembro qual, doido para dar o fora daquele bar infecto, o mais rápido possível, sentindo-me, agora, pálido, malvestido. Se tivesse uma Ferrari ia ficar na porta e quando ela saísse prum! prrurrum!, mas escapuli de mansinho, o rabo entre as pernas, fui para bem longe, a mais de dois quilômetros, onde encontrei esse cara, que jogava vôlei comigo na praia, era chato e burro, mas servia para o desabafo — veja você, esperando o noivo e me dando a maior das bolas! É por isso que eu não me caso, disse o burro; a maior das bolas, repeti, e ele querendo me confortar disse que eram todas umas vigaristas, noivas, casadas, todas. Você vai amanhã lá na rede?, perguntou o jogador de vôlei. Eu disse que ia. Dali fui a um outro bar, mas lá não tinha nada. Telefonei para a minha avó e disse, não vou almoçar com a senhora, vou almoçar com uns amigos. Do outro lado minha avó me fez prometer que eu me alimentaria bem.

Igualzinho minha mãe. Prometi. Então fui para minha casa, apanhei presunto na geladeira, fiz um sanduíche e comi o sanduíche olhando para o livro de química. Para a capa.

Mudei de roupa: Lee, camisa vermelha, um mocassim legal. Apanhei o livrinho de endereços, acendi um cigarro, prendi o telefone entre a cabeça e o ombro, disquei. Glorinha está? Não estava. Disquei de novo, Katia está? Não estava. De novo, Ana Maria está? Não estava. Ainda, Gilda está? Não estava. Larguei o telefone desconsolado. Liguei o rádio. Não podia ficar sentado. Dei uma olhada para o livro de química, para a capa, e saí.

Fui ao cinema, sozinho. O filme era uma bomba. Ao sair pensei, agora é a tarde que está se acabando. Fui ao Bob's comer um sanduíche, tomar uma laranjada, olhar as garotas. De saída não tinha nada, mas de repente a coisa começou a melhorar. Atrás da caixa, comprando uma ficha, estava essa guria de quem eu só via os olhos, e olhos assim eu nunca tinha visto, não era aquele olho bonito e brilhante de boneca, era um olho fundo e intenso, mas macio, e neles balançava uma sombra, como a sombra de um galho de árvore soprado pelo vento. E logo em seguida vi outra dona, mas essa era boca, uma boca limpa, arejada, de lábios grossos e justo nesse mesmo instante vi a terceira garota, ou melhor, vi suas pernas, longas, longas. Essas visões caíam em cima de mim como uma casa desabando. Qual escolher? Perna bem-feita é a coisa mais bem-feita que existe; perna é perna, há que respeitar: cruzadas, na cadeira, o joelho uma cúpula poderosa; ou carregando a dona, como era o caso, mostrando a perfeição dos engonços; perna é perna, se a perna é bem-feita, mas bem-feita mesmo, o resto, lá pra cima, também é bom: o lugar onde elas acabam, as saliências e reentrâncias, os hemisférios inferiores, a linha do ventre, o molejo da cintura e a firmeza estreita do seu diâmetro — isto é provado; só não se garantem os peitos, que às vezes são tímidos e frágeis. Escolher os olhos? Ser acariciado por luzes e cores e sombras? Ouvir e entender olhos, e não estrelas, estabelecer sinais universais de amor, ciúme, medo, cólera, solidariedade, burrice num estimulante decifrar de códigos? Ou procurar a boca? Que primeiro deve ser vista e revista em todas as suas mil posturas; e depois ser aproximada, boca fechada junto de boca fechada, sem se tocarem, mas bem próximas de modo a que somente os calores dos lábios se encontrem e dessa maneira se afaguem; e depois os lábios se tanjam como a asa do passarinho roça às vezes a folha da árvore; e depois os lábios percorram como pingos d'água as respectivas estruturas: a comissura direita, a comissura esquerda, a polpa inferior — um longo caminhar em poucos centímetros; e depois os lábios se esmaguem; e depois os lábios se comam com avidez e voracidade, servidos pelas fadas e elfos esmaltados e glóssicos do seu recôncavo.

Escolhi as pernas. As pernas comiam um cheeseburguer. Iniciei outro jogo de posições táticas. Na terceira posição ri para a moça. Ela respondeu com outro sorriso, aí eu me aproximei, me encostei no balcão onde ela estava e disse, como vai? Vou bem, disse ela. Mas sem faísca. Eu fiz a minha melhor cara e continuei, você vem sempre aqui?, ao que ela respondeu, às vezes. Eu disse que já estava enjoado daquele lugar; enquanto acabava de comer o sanduíche e limpava a boca com um guardanapo de papel, ela me perguntou, muito casualmente, você joga na rede da Figueiredo Magalhães, não joga? Eu respondi que sim e perguntei se ela já me tinha visto jogar e ela tinha, duas vezes. Meu nome é Sérgio, disse. O nome dela era Sônia, morava na Barata Ribeiro. Até aí nós fomos. Sônia olhava as pessoas em volta; deslocava o peso de uma perna para outra; repetia a manobra inversamente. A conversa morrera. Perguntei o que ela ia fazer de noite. Eu?, disse ela, surpreendida, como se na sala de aula a professora subitamente lhe perguntasse, agora você Sônia, me diga o ablativo da palavra rosa. E ela não soubesse. Você tem algum programa?, insisti. Programa?, não, eu, não — eu ainda não sei, disse Sônia. Perguntei se ela queria ir a um cinema, mas ela disse que já tinha ido ao cinema naquele dia. Então, uma volta, que tal a gente dar uma volta?, perguntei. Ela veio com uma conversa que estava cansada, que tinha jogado três horas de frescobol na praia de manhã. Não vai me dizer que um joguinho mixo desses te deixou cansada. Ela placidamente, olhando para os lados, enquanto fechava os olhos e com a ponta do indicador direito tirava alguma coisa do canto interno do olho esquerdo respondeu: deixou. O gesto contagiou como um bocejo: eu também esfreguei o olho esquerdo com a ponta do dedo indicador direito. Nesse instante ela disse tchau e retirou-se com um ar de preguiça. Débil mental, pensei. Quem tem perna precisa ter cabeça? Quem não tem cabeça precisa ter perna, minha avó sempre dizia.

Então já era de noite e eu estava no posto dois com esse cara chamado Fabinho, um sujeito miúdo, cinza-pardo, falante, sabido, cabelo preto-ondeado, ligeiro, de bigodinho. Vale a pena ir, vai ser uma festa legal, dizia ele; e essa festa legal era na casa de uma tal de Licinha, cujo pai era contrabandista, estava nadando no tutu. A casa é um estouro, tem quatro televisões, dois estéreos, disse Fabinho e eu disse que já estava com o saco cheio dessas festinhas e ele disse que lá era bom, tinha mulher às pampas, aí eu falei, é?!

Ih, só vendo, a última vez que estive lá, rapaz, vou te contar. E me contou que da última vez tinha mulher aos montes, teve que dar nó no coco para saber qual que ia escolher. Apanhou um broto de fechar farmácia de plantão, um mulheraço, de um metro e oitenta, um espetáculo, e eu respondi, sem fazer pouco, um metro e oitenta é mulher demais para você, até para mim, e ele, Fabinho, disse, homem pequeno gosta de mulher grande, homem grande de mulher pequena, é a lei dos contrastes, todo grande conquistador era de baixa estatura. Napoleão, eh, Casanova. Casanova também?, perguntei. Também, disse Fabinho, li a biografia dele, era um sujeito desse tamanhozinho.

Fiz Fabinho garantir que a festa ia ser boa. Garanto, se não for pode me cuspir na cara, disse ele. Como é que eu entro lá?, perguntei. Qualquer um entra; é só chegar e entrar.

E assim, lá para as tantas, eu estava tocando a campainha da casa. Uma mulher abriu a porta, o corpo bloqueando a entrada, deixando somente uma passagem estreita. Para entrar eu teria que me esfregar nos seus peitos gordos. Não me atrevi. Além do mais, ela disse — sim?, isso exigia uma explicação. Como era o nome da moça?, pensei esbaforido, Luizinha?, Lazinha?, Leinha?, Luzinha?, daqui a pouco a mulher vai dizer, sim? de novo; Celinha?

Sim?, disse a mulher. É só chegar e entrar!... Cachorro, vou cuspir na cara dele, pensei. De dentro da casa vinha som de música, vozes. Sou amigo do Fabinho, disse e não saiu mais nada, fiquei vermelho, desejando que a mulher batesse com a porta na minha cara e acabasse logo com aquele sofrimento. Mas ela disse sorrindo, de mim um pouco e pra mim um pouco, tenha a bondade de entrar, e se afastou, dando passagem.

Entrei inseguro, procurando um conhecido. A vitrola tocava em muitos decibéis, um som potente, sem a menor distorção. Dize-me que vitrola tens que te direi quem és? Quatro fileiras de dançarinos dançavam hully-gully, os movimentos alternados, sincopados, cadenciados, sincronizados — pla-pla, agora palmas, tlic-tlic, os dedos estalavam, os ombros se encolhiam, os corpos caminhavam, cada formação manobrando certo dentro do ritmo. Encantado, fiquei vendo a beleza das moças: os corpos tinham um certo torpor esportivo, um certo abandono, cheguei mesmo a esquecer que estava só, no meio daquele monte de gente jovem, espalhada pelos cantos, sentada nas poltronas, nos sofás daquele imenso salão, quase todos de copo na mão.

Fui ao bar. Já estava no segundo uísque quando Fabinho surgiu dizendo hein?, hein?, ha! ha!, ha! e eu respondi, Fabinho você é um monstro, e ele, eu não disse?, eu não disse?, e eu, cadê a loura gigante?, e ele explicou que ela estava na geladeira, ha! ha!, estudando neolatinas para a prova, enquanto ele destacava outros golpes. Eu sei: Casanova, Napoleão... disse eu. Ele pulou, você não acredita não é?, você não acredita só porque eu sou pequeno. Senti seu bafo de uísque. Será que eu também estava assim? Acredito, acredito, disse, eu também li a biografia do Napoleão e ouvindo isso ele ficou mais apaziguado e disse, hum. Você dança hully-gully?, perguntei. Hully, twist, surf, chicken, wash-wash, hitchhiker, gogo, sirtaki, monkey, ska, limbo, frug, woble, madison, danço tudo, até tango, se tocarem, respondeu ele, e, nesse instante passou uma garota que Fabinho segurou pelo braço dizendo, Ana Luísa, quero apresentar aqui o meu amigo Sérgio. Muito prazer pra cá, muito prazer pra lá e aí já estávamos falando sobre surf, depois de termos concordado que o twist estava superado. Eu disse que não sabia dançar surf e ela disse que ensinava mas que tinha primeiro que mudar o disco, e foi na vitrola e mudou o disco e começou, olha é assim, os pés não saem do chão, com os braços você faz este movimento, está vendo?, viu?, agora você. Eu tentei e ela disse, não, não, você é muito duro, a dança é como um esporte, quanto menos contraído você estiver melhor e eu continuei tentando, sem sucesso e ela me pediu que fizesse de conta que eu estava em cima de uma prancha em Waikiki, sendo carregado pela onda e para manter o equilíbrio eu mexesse os braços, as cadeiras, o tronco. Mexi tudo errado e Ana Luísa me segurou os braços, suas mãos tinham um aperto gostoso, e disse que eu estava em pé sobre as águas, caminhando sobre as águas, como Nosso Senhor Jesus Cristo com a diferença que eu deslizava rápido enquanto que Jesus tinha que andar de maneira convencional. Entendeu?, agora dança! Mas eu disse que preferia ficar conversando com ela e Ana Luísa me olhou, disse, é muito simpático de sua parte dizer isso.

Fomos para a varanda pois na sala estava muito barulho; disse para ela que achava aquela história de Jesus Cristo muito interessante; ela riu, de um jeito diferente e eu disse, você é diferente. Então fiquei imaginando uma coisa inteligente para dizer a ela mas só lembrava uma coisa que tinha lido num livro e que não tinha a menor graça. Diz a frase, disse ela e eu disse que não tinha lido o livro todo, só tinha lido a primeira linha. Diz, disse ela; eu disse: é mais ou menos assim: o besouro não foi feito para voar e não pode voar, mas no entanto voa, contrariando sir Isaac Newton e Orville Wright. Deve ser um autor americano, disse ela; deve ser, disse eu. Perguntei se ela achava graça naquela frase; ela queria saber por que eu tinha dito aquilo mas eu não soube explicar e ela perguntou por que eu não coloquei o Santos Dumont no lugar do Wright. Eu tinha pensado nisso mas queria mostrar que tinha lido o livro citando a frase certa. Mas você não leu o livro, nem eu, portanto podemos citar a frase errada, disse ela. Eu disse, acho que estou começando a ficar apaixonado por você, ela riu, eu continuei, é sério, agora estou citando certo, li o livro todo; e nos olhamos muito sutis, e nossos rostos foram-se aproximando e nossas bocas se encontraram. Lá embaixo estava o mar. Era uma época do ano, e uma hora, em que a lua põe uma esteira brilhante sobre as águas. Estávamos sós. Você tem namorada?, ela perguntou; respondi que tinha uma porção, era o mesmo que nenhuma. E ela? Ela tivera um amor impossível, coisa de criança, disse. Igual a sarampo? Ri. Mas ela não riu, disse grave, você tem razão, e depois: acho que isso acontece com todas. Nos beijamos novamente. Eu disse: vamos embora daqui. Para onde?; para qualquer lugar. Ela quis saber se eu não estava gostando da festa; eu disse, mais ou menos e você? Ela disse, mais ou menos, mas não posso ir embora etc. É claro que ela não podia ir embora, ela morava ali. Mas aqui não é a casa de uma tal de Licinha? É minha irmã. Ninguém te falou em Ana Luísa, não é? Sabe por quê? Porque sou muito chata e na maioria das festas nem apareço, fico no meu quarto lendo. Dizem que sou esquisita; esquisita; gosto dessa palavra, você às vezes não cisma com uma palavra?; cotovelo, por exemplo: acho horrível. Qual a palavra mais feia que você acha?

    Fiquei pensando na palavra mais feia. Quando era pequeno costumava rir ao ouvir algumas palavras, quase sempre nomes de partes do corpo humano. Disse isso a ela.

    Não me refiro a essas, ela disse.

Eu sei, apressei-me.

Ela: Crosta, por exemplo, detesto essa palavra.

Anhangabaú?, perguntei.

Péssima.

Salsaparrilha?

Dessa eu gosto, e também de pirilampo, salamandra, madona. Sei se gosto ou não gosto pelo som, pela forma; escrevo no papel e fico olhando ou repetindo a palavra — carrapato, car--ra-pa-to, carrapato: não gosto. Umbigo, teve uma época que gostei; depois tive horror. Agora não sei. Você gosta de umbigo?

Umbigo, respondi. Um-bi-go. Um bi-go. Um-bigo. Acho que não.

Como é que a gente faz com uma moça séria? O que é uma moça séria? Mulher honesta é aquela que o amante tem receio de comprometer, segundo o Fabinho que provavelmente ouviu isso de outra pessoa. A moça séria é aquela que faz a gente desistir antes mesmo de tentar. Ana Luísa servia, mas não para aqueles dois dias em que o apartamento estava vazio, dando sopa. Além do mais, ela era muito branca.

Depois desse pensamento inventei um pretexto para me separar dela. Ela ficou na varanda, não quis voltar para a festa. Estava triste? Bolas, eu não podia perder tempo.

Fabinho estava dançando. Bateram palmas quando ele acabou. Cheguei perto dele e disse, oba. Oba, respondeu ofegante. Disse para ele: estou meio perdido aqui. Te vira, velhinho, respondeu. Estou me virando. E a Ana Luísa? Ela é simpática, mas... Então Fabinho falou que ela era de lua. Eu disse, pois é, eu queria uma garota mais alegrinha, sabe como é? Ele repetiu: te vira.

Larguei o Fabinho para lá e fui ao bar. Fiquei parado, esperando. Eu estava igual àquele jogador mineiro de futebol que ficou imóvel no meio do campo e quando o treinador perguntou se ele ia permanecer ali igual a um dois de paus respondeu: correr atrás da bola não corro, mas se passar por perto ela leva. Ri pra burro, pensando nisso. Pensei também que já devia estar bêbado pois estava rindo de piada velha que eu mesmo me contava.

Se passar por perto ela leva, disse para o garçom. Quem?, perguntou ele. Deixa pra lá, respondi. Vupt, mandei brasa, o gelo esfriou meus lábios. Tlin, tlin, tlin: eta barulhinho gostoso. Pedi outro, que teve o mesmo caminho. Glut, glut, glut. Você tem um calicezinho pequeno?, perguntei ao garçom. Ele tinha. Podia fazer a gentileza de enchê-lo desse néctar almiscarado, não alabastrino, epa! bacanas essas palavras, não? almiscarado, al-mis-ca-ra-do, a-la-bas-tri-no. Você gosta? Ele me olhou como se eu fosse maluco e disse, nem sei o que quer dizer isso. E umbigo?, insisti. Você está começando a ficar alto, não é melhor parar?, disse ele. Eu o segurei pela gola do paletó e rosnei: alto coisa nenhuma, enche o copinho que vou tomar de um trago só como se fosse o John Wayne. Vupt.

Cadê a Ana Luísa, perguntei para todas as donas que passavam perto de mim; até que veio uma e disse, sou a Licinha. Sou o Sérgio, cadê a Ana Luísa?, quero acabar com ela uma conversa sobre besouros e umbigos. Mas Ana Luísa tinha ido para o quarto, devia estar lendo, quando ela ia para o quarto ninguém tirava ela lá de dentro.

Fui para a varanda e fiquei exclamando baixinho, analuíísa, analuíísa. Me deu uma saudade dela, que que tinha ela ser muito branca; já me disseram que as mulheres não devem ser nem muito brancas e nem muito pretas, mas isso é besteira, ou não é besteira?, muito branca: infernal, deve brilhar no escuro, nua sobre um lençol azul, nua, fosforescente, fluorescente, florescente no quarto todo apagado. Me vi, na penumbra, aproximando-me reverente e receoso e ávido e encantado com a mágica daquela suave combustão — e qual de nós teria pacto com o diabo, eu, que via a mulher nua no escuro, ou ela que no negrume fazia ver sua carne fantasmagórica? Eu queria tanto ela, acima de todas as coisas, principalmente porque o dia e a noite se acabavam, um dia que se acabou é um dia que se acabou, não volta mais, está perdido, sumido, é um bem que se foi, um pedaço perdido do tesouro, do tesouro de poucas riquezas — adeus pássaro, rio, pedaço de nuvem.

Enquanto isso a festa terminou e fui saindo de cambulhada com o resto da corja. Na rua um grupo batucava na capota de um Volkswagen. Fui andando, olhando para o chão, com vontade que uma moça bonita e inteligente e sensível e terna e rica, dessas que moram em grandes palacetes, me visse sentindo pena de mim: que moço tão triste, me corta o coração vê-lo. Mas quem me viu foi o Fabinho, que de longe me acenou, acompanhado de uma garota mais alta do que ele: a ver navios, hein grandão? Não respondi, fui andando pelas ruas vazias até que parei numa esquina e escrevi na calçada, com urina, Ana Luísa, e, como tinha reservas, acrescentei dois corações, um deles varado por uma flecha inacabada.

Mais tarde estava em casa, na casa em silêncio, ou quase silêncio — ouvia-se o despertador velho da cozinha; a casa vazia. Como os meus pais são barulhentos, pensei, se estivessem aqui haveria mil ruídos; televisão, discussões, roncos do meu pai, ou então se fosse tarde, como naquele dia, a voz de minha mãe direta do quarto, é você, Sérgio? vai comer alguma coisa antes de deitar, tem leite na geladeira. Mãe só fica satisfeita quando os filhos estão em casa dormindo.

Mas a casa estava em silêncio.

Deitei-me. Então ouvi, aonde é que já se viu dormir todo vestido, e de sapatos! — mas eu estava era começando a dormir, não era minha mãe, era o meu sonho que começava.

E que esqueci, quando acordei no dia seguinte, às onze horas com o telefone tocando. Era Elizabeth; queria saber se eu ia à praia. Perguntei sobre o tempo. Estava um sol bárbaro. Disse que talvez fosse. Você está resfriado?, Elizabeth me perguntou. Não, por quê? Tua voz está assim tão rouca, disse ela. Expliquei que tinha deitado tarde no dia anterior. Ah, é?, você foi a alguma festa? Fui. A voz dela tremeu: hum, muito bem, antigamente você me convidava. Botei a coisa em pratos limpos: eu convidei você umas duas vezes. Elizabeth grimpou: cinco vezes, nós fomos a cinco festas juntos; ultimamente é que você deu para me esnobar; fiquei muito triste com você ontem na praia. A conversa estava começando a ficar difícil. Essas gurias são de morte, se o sujeito bobear elas põem argolinhas de urso de circo no nariz dele. Disse, eu: nós não temos nada um com o outro. Então por que você me procura?, gritou Elizabeth. Fiz uma voz de surpresa: eu? procuro você? Novo grito dela: você sim. Foi minha vez de gritar: você está maluca. Mas ela não fugiu da raia: na semana passada mesmo fomos ao cinema juntos, você se lembra? Aí dei-lhe o tiro na nuca: lembro sim, você praticamente me arrastou para dentro do cinema, o que eu podia fazer?

Desligado o telefone descobri que estava com uma dor de cabeça dos diabos. Fui ao banheiro olhar meu rosto no espelho. Botei a língua pra fora. Puxa vida, língua é um negócio feio, pensei; e pensei também que pontinha de língua de moça bonita é bonito. Escondi a língua e olhei meu rosto, os cabelos queimados de sol, a testa ampla, os olhos inteligentes inseridos apartadamente sob sobrancelhas grossas, a boca larga, os dentes bem-implantados, o queixo de linhas definidas. Era assim que eu me via e me vendo fiz várias caretas, cara de mau, cara de bom, cara de triste, cara de cínico, cara de apaixonado, cara de valente, cara de surpreso, cara de amável, cara de desprezo, cara de absorto, cara de ternura, cara de compreensão, e mil outras caras que me deixaram muito satisfeito comigo mesmo.

Saí procurando um comprimido pela casa, que achei e tomei com um copo de leite. O comprimido estava, como não podia deixar de ser, na mesa de cabeceira de mamãe, perto do retrato que tirei em São Lourenço.

Depois fui para a praia, jogar vôlei. A turma toda já estava lá, em volta da rede. Os dois times foram formados. Eu saí na rede. Do outro lado pra me bloquear saiu o Luís. Várias barracas estavam armadas ao longo do campo, marcado por uma fita vermelha. Elizabeth estava numa das barracas.

Dei um azar bárbaro no jogo. O Luís bloqueava tudo. Quando eu escapava do bloqueio a bola ia para fora. Elizabeth torcia para o outro lado. Perdi a partida. Dei azar, disse para o Luís. Azar, não é?, disse ele. Ainda por cima, continuei, deitei ontem tarde pra burro, com a caveira cheia. Pois eu nem dormi, disse Luís, vim direto para a praia. É claro que isso não podia ser verdade, ele estava pulando que nem gato, na rede, a mim ele não enganava. Quer sair para uma dupla?, perguntei. Ele topou. Valendo Coca--Cola? OK, valendo coca, respondi. Escolhi o Ricardo, ele escolheu o Toninho. Molhamos a areia com o regador. Passei perto de Elizabeth e perguntei: como é?, você não disse que não queria mais me ver, o que é que está fazendo aqui? Engraçadinho!, disse ela, só tem você na praia é?, antes de você chegar eu já estava aqui. Vai torcer para mim na dupla?, perguntei. Para quê?, disse ela, você vai perder mesmo. E fez uma cara de desprezo — o lado esquerdo do lábio superior foi levantado, deixando aparecer um pedaço do canino; o olho direito se fechou enquanto o risco da sobrancelha era suspenso e se transformava num arco; o ombro esquerdo deu um repelão para a frente e para cima ao mesmo tempo que, finalizando o fricote, o rosto girava para a direita.

    O chão está quente, vamos jogar uma só, sem virar, disse Luís.

    Eu queria ganhar a partida. Vamos pra cabeça, disse para Ricardo. Mas o jogo não era mole, não. Luís jogava o fino. O toque de bola dele era uma coisa de doido, dava a impressão, pela virada do pulso, que a bola ia para a frente, reta, mas enviesava e pingava rente à rede, no meu lado. Comecei a ficar nervoso, a perder saques. Brigava com Ricardo: te atira, dizia eu, você parece uma camélia. Não que eu jamais tivesse visto uma camélia, é aquela história de dar dois suspiros e depois morrer. Nossos corpos brilhavam de suor. Eu estava cansado pra burro e os outros também estavam: quando alguém caía no chão abria os braços e ficava estendido alguns segundos, só alguns segundos, mas a batida era tão feroz que por menor que fosse o tempo que o sujeito ficasse estendido já dava para aliviar a falta de ar, a dor no baço, o tropel do coração. Comecei a sentir a partida perdida quando estava dez a dez. Eles fizeram quatro pontos em seguida, aí nós pegamos vantagem e fui para o saque, resolvido a apelar para a ignorância.

    Dei o saque com toda a força, por cima Luís defendeu, mas a bola foi para fora. Catorze a onze. Dei outro, batendo com toda a violência, fazendo a bola descrever uma curva e cair na areia, sem defesa. Catorze a doze. Tive a impressão que poderia ganhar no saque. Bati novamente na bola, um saque perfeito, rente à rede. Queimou!, gritou Luís, queimou! Queimou?, queimou nada, protestei mas os caras que estavam assistindo disseram que a bola tinha roçado de leve na rede. A vantagem voltou pro outro lado, Luís, no saque, mandou, por baixo, uma bola alta, alta mesmo, pra ver se o sol me atrapalhava. Eu me coloquei bem, de maneira a poder dar um toque leve para Ricardo. A bola veio descendo, lá de cima; ajeitei as mãos, fiz pose, enquanto acompanhava com os olhos a descida da bola, que bateu nos meus dedos, desceu por entre minhas mãos, caiu no chão. Mão furada, gritou alguém. O jogo tinha acabado. Olhei para Elizabeth, ela olhou para mim séria e aquilo me fez um grande bem: afinal ela estava torcendo por mim. Senti vontade de ir falar com ela, beijá-la como se ela fosse minha irmã, convidá-la para ir ao cinema, esquecer os planos malucos para o fim de semana. Minha irmã? Fiquei no meio da quadra, brincando com a bola, pensando, pensando, na dúvida. Luís foi cair na água, sem tripudiar, podia ter dado o gozo, não deu. Eu me senti triste, infeliz. Elizabeth estava lá, esperando, querendo me ajudar. Devia estar me olhando, com esse jeito infernal que as mulheres têm de olhar para os homens de quem gostam, um olhar que sai lá de dentro, fixo, parecido com o olhar de certos cães. Eu queria ver isso, mas não olhei para ela, não olhei, queria mas não olhei, dei um soco na bola e saí correndo e mergulhei na água, que estava um gelo.

Fui para casa. Quis dormir mas não consegui, sentia fome, fome de uma coisa diferente que eu não sabia o que era. Comi uma cenoura crua. Amanhã já é segunda-feira, pensei. Com um apartamento e uma boa conversa... Amanhã já é segunda-feira. Andei pela casa, fumei vários cigarros, liguei o rádio. Depois o telefone tocou.

Pianista? Hein? Não, ih!, tenho horror! Ah, é muito chato. Quando? Não, não vou a essas coisas. Mas sei que não gosto... Com a Lucinha? Isso foi há muito tempo. Me lembro sim... É verdade, gostei, mas acho que era porque eu estava em cima do piano. Trepado coisa nenhuma, encostado! Assim ouvindo de perto, a coisa de fato não estava tão ruim... Quem? Esse cara é estrangeiro, não é? Poxa, o cara fazia uma mímica danada... Ah, de vez em quando ele passava a mão na cabeleira enquanto mandava brasa com a outra. Esse é melhor? É nada! Como é que eu nunca ouvi falar no nome dele? Ignorante é a mamãezinha... Muita coisa nada, eu preciso aprender é química. Eu sei, mas desse pão eu estou precisando agora, ou melhor, segunda-feira. Quem? É uma branquela com dentinho de coelho? No Iate? Que dia? Não, não fui não. Morena alta?... Não!... Não sei quem é, rapaz!, você está maluco, eu guardo essas pintas. Não ponho os pés lá há uma porção de tempo. Essa eu sei quem é, é cheia de fricote, não vou com ela. Ora, tenho muito tempo para me refinar. Isso tudo é frescura! Eu não tenho ninguém para levar... Conheço, mas estou cheio delas todas! Essa é a pior... Ué, só posso entrar lá se for acompanhado? Sei que é casa de família! Olha, vamos fazer uma coisa, se me der vontade eu vou, tá bom? Tá. Que horas... OK. Delfim Moreira que número? Tá bom, vou ver. Até logo.

Na rua Delfim Moreira.

No centro da roda estava o Pianista, braços cruzados sobre o peito, falando pouco mas prestando atenção, meneando a cabeça judiciosamente, franzindo o cenho. De repente eu estava sentado e o Pianista tocava, uma coisa muito delicada. Ficou longo tempo tocando, parecia que aquilo não ia acabar nunca mais. O Pianista fechava os olhos, nos momentos mais líricos; notei que muitos dos ouvintes também estavam de olhos fechados. Ele não para?, perguntei para uma senhora ao meu lado, que estava de olhos abertos. Schhh!..., fez ela, botando um dedo sobre os lábios. Nesse justo momento alguém me cutucou e levantou-se, atrás de mim. Era uma moça, que acompanhei com os olhos e que no fundo do salão me fez um gesto de vem cá. Mas como é que eu podia me levantar, sem criar uma comoção? E se o Pianista abrisse os olhos naquele instante e me visse saindo, o que que eu fazia? Dava um adeuzinho pra ele? Fazia uma careta apontando para a minha barriga? Esperei mais cinco minutos. Olhei para trás e lá estava ela, abrindo os braços e arregalando os olhos para mim. Arregalei os meus, de volta. Que sinuca. A garota não era ruim não. Pensei, baixinho: quem sabe?, quem sabe? vai ver... Com uma vergonha danada levantei-me e fui para o fundo do salão.

Você é tímido, hein?, disse ela, lembra-se de mim? Eu lembrava coisa nenhuma, mas não era besta de dizer. Preferi: acho que só nos vimos uma vez, não é? Uma vez e meia, disse ela. Uma e meia? Uma e meia, e ela explicou que uma vez tinha me visto e outra tinha sonhado comigo e isso só valia meia. Pesadelo?, perguntei. Não, foi um sonho bom, sonhei que você era o meu cabeleireiro, disse ela. Pra princípio de conversa gostei, a dona era atrevida, estava fazendo um papel que a atriz preferida dela tinha feito num filme qualquer. Isso era bom. Torci pra ser um filme do Fellini. Foi quando me lembrei do nome dela — você é Gina, como vai?, disse, satisfeito. Ah, ah, ah, disse ela, vou bem, o que que você tem feito? Respondi: estudado, nada, só estudado. Ela me olhou, dizendo, não quero mais saber de estudar, deixei, não se aprende nada no colégio, você não acha? Eu acho, e disse para ela que achava, que no colégio só se aprende besteira, coisa que não interessa. Por isso eu deixei de estudar, disse ela, vou ser escritora, ou artista de teatro, uma coisa assim.

Na sala o Pianista tocava.

Você quer ver o que eu escrevi?, perguntou Gina, tirando um papel de dentro da pequena bolsa que carregava. Me entregou o papel.

Teresa chegava com o seu sorriso bonito e tirava a roupa. Teresa não tinha preço — não custava nada, nem a condução. Tinha um jeito de menina de treze anos. Vinha porque queria, porque se sentia amada por aquele homem, que a compreendia. Às vezes ele comprava uma rosa para ela.

Teresa sabia o lugar de cada coisa. Ela mesma apanhava o robe de chambre, desaparecia dentro dele e ia para a cama. Depois voltava para sua casa, para sua família, para as coisas feitas de cristal e veludo de segredos mútuos, de cortesia e adequações.

E ele?

Fomos andando, saindo da sala, paramos no corredor. Via-se a cozinha, apagada.

Só isso?, perguntei, mas meu coração batia mais do que isso, descobria significados, e se alvoroçava. Ainda não acabei, disse ela, é só o começo; você gosta? (Alvoroço, ah, coração!) Disse: se eu disser que não gosto, você se chateia? Claro que não; se não der para escritora vou ser artista.

Ouvia-se o Pianista tocando. Esse Pianista está enchendo, disse Gina, daqui a pouco vou botar sangue pelo nariz. Esclareceu: qualquer coisa que a emocionasse, incomodasse ou irritasse, fazia com que ela botasse sangue pelo nariz. Não há médico que dê jeito nisso, até quando do meu primeiro beijo foi assim, fiquei tão emocionada que comecei a botar sangue pelo nariz. O rapaz — se chamava Dadinho — ficou apavorado, dizia: que foi isso que foi isso, e eu, bumba, sangue pelo nariz.

Ri: já imaginou no dia do teu casamento? Ah! exclamou ela, você acha que aquilo que escrevi é mentira. Eu disse: assim você me deixa sem jeito, eu não tinha maliciado tanto. Não tinha!... duvidou ela. Dei minha palavra de honra; puxa, além do mais seria de mau gosto imaginar uma coisa daquelas. (Mulher pensa mais no hímen do que o homem?) É mentira ou verdade?, demandou Gina. Eu não sabia o que responder. Meu coração achava que era verdade, por isso tinha batido tanto: a cama, o robe de chambre, o segredo: verdade, verdade, o coração quer sempre o que é bom. Mas o que responder? De repente a resposta passou a ser uma coisa importantíssima, se errasse perdia tudo, as fichas estavam todas naquele número. Os ovos naquela única cesta. É mentira ou verdade?, ela insistiu. Maneirei: você sabe que eu sei a verdade. Ela: então, é verdade? Eu: não disse isso; quero dizer que sei se a verdade é a verdade ou a verdade é a mentira. Gina: então diz, tua salvação depende disso. Eu: a salvação ou o prêmio? Gina, num grito: anda, diz logo. Eu também gritei, não sei por que, gritei: é mentira, é sonho, é imaginação.

Ela se afastou de mim, se encostando na parede, dizendo, louco, louco, você foi condenado. Segurei na mão dela, que se soltou: Era verdade? Era verdade... eu não tenho imaginação... disse ela. Protestei: por que condenado?, quis ser discreto, uma forma de esconder a verdade. Ela então disse que a discrição não era uma forma de dizer mentiras; que eu teria que dizer; serei mentiroso: é mentira, e aí eu estaria dizendo a verdade e teria acertado e ganho o prêmio. Apelei, mas não tinha saída, ela fazia a regra do jogo, punha e dispunha, era dona do prêmio, mandava. Talvez tivesse inventado tudo naquele instante, mas o certo é que o meu coração estava partido, havia cometido o pior erro da minha vida. O pior erro da minha vida, disse para ela, falando baixo, voz dorida, fazendo cara e olho de sofrimento, enquanto o Pianista tocava o fundo musical da minha tristeza e de repente a minha angústia ficou real e o espelho imaginário em que eu refletia as minhas tretas desapareceu e me deixou só, fechado dentro de mim. Ela disse, isso é bom para o meu superego, mas não me comove nem um pouco, fique sabendo, e me olhou como as crianças olham para os adultos, o olhar direto como para um objeto, sem se importar com a duração do olhar ou, mais relevante ainda, sem se importar com o desviar do olhar.

Depois me convidou para fazer um programa bárbaro, com um sujeito chamado Pedrinho e a irmã dela Gilda. Parece que já estava tudo arranjado pois quando descemos um Volkswagen já estava lá embaixo esperando pela gente. Pedrinho era um cara pálido que estourava os dedos das duas mãos ao mesmo tempo, um dedo depois do outro só na base da pressão dos polegares; um negócio gozado: levantava as duas mãos para o alto, como um tocador de castanholas e aí, ploct, ploct — umas doze vezes pelo menos ouvi o barulhinho das ligações da falange com a falanginha, da falanginha com a falangeta no curto instante em que nos acomodávamos no carro. Depois, enquanto dirigia como um doido pela cidade, continuava estourando os dedos. Para onde vamos?, perguntei; ninguém me respondia; Petrópolis?, perguntei quando entramos na avenida Brasil; nada; Caxias?; você vai ver, espera, você está com medo de ser raptado?, disse-me Gilda, irmã de Gina; Gilda, apesar dos dois bancos da frente serem separados, conseguia o prodígio de estar praticamente sentada no colo de Pedrinho, o braço passado sobre o seu ombro; beijavam-se, com o carro a 120 km, enquanto Pedrinho olhava a estrada com a ponta do rabo do olho esquerdo. Fogo. Este Volks está envenenado?, perguntei. E como, meu chapa, e como, tem mais cicuta que o bucho de Sócrates, disse Pedrinho estalando os dedos profusamente.

Chegamos ao Galeão, subimos para a varanda, e eu ainda no escuro. Lá estão eles, lá estão eles, que beleza!, disse Gina. Os aviões?, perguntei. O que podia ser?, os aviões sim, mas espera os motores funcionarem, disse Gina. Nesse justo instante os motores foram ligados, uma luzinha vermelha começou a girar sobre a cabina e lentamente o avião iniciou seu deslizar pela pista, como um pássaro, emitindo um zunido alto e fino. Vai se colocar na cabeceira, disse Pedrinho. Todos acendemos um cigarro. Ao longe via-se o holofote. Lá vem ele, lá vem ele, fico toda arrepiada, disse Gilda. Como uma bala, como uma fera em busca do inimigo, como uma força atrás de um choque de forças o avião passou na nossa frente e alçou voo num arranque fantástico. Que beleza, dissemos um após o outro. Qual a nota?, perguntou Gilda. Nove, disse Pedrinho, dez eu só dou para o Boeing, e assim mesmo naquele esquema. As garotas tremeram. Vocês estão com medo?, perguntou Pedrinho. Elas disseram que não.

Descemos para tomar um café. O aeroporto estava cheio, saíam vários aviões internacionais naquele dia. Havia uma urgência no ar, uma ânsia, uma pressa que não se vê no cais ou na estação ferroviária. As mulheres do aeroporto são mais bonitas. Na minha frente estava uma mulher que parecia uma princesa, mas não a bela adormecida, uma princesa que tinha perdido a inocência. O que escondia o seu jeito desdenhoso, sua simplicidade ostensiva, a riqueza em surdina das suas roupas? O que teria em sua bolsa? Um passaporte, dinheiro de vários países, as cores do rosto? Como seria sua roupa íntima? Teria marido? Teria amantes? O que a fazia Princesa?

É ele, é ele, disse Pedrinho, estão ouvindo? Está indo para cabeceira, vamos embora. E saímos correndo para o estacionamento, entramos no carro de cambulhada. Eu no escuro.

Na estrada asfaltada cartazes diziam ser proibido parar em qualquer lugar. Fomos até a entrada da porta da base aérea e voltamos para a entrada do aeroporto. Depois repetimos o mesmo movimento. Em frente ao tapume encimado por luzes vermelhas Pedrinho disse, é aqui que ele passa. Sua voz tremia.

Aquele é o holofote dele, acho que agora vamos chegar nas luzinhas vermelhas na hora certa, disse Pedrinho. Passamos pelo portão da Base. A sentinela pareceu olhar na nossa direção. Ao chegarmos em frente ao tapume saltamos todos. É PROIBIDO PARAR, estava escrito em letras grandes. Pedrinho trepou na capota do carro. Eu, Gina e Gilda trepamos no capô. Lá vem ele, disse alguém. O holofote bateu na cara da gente, uma luz branca e forte que fazia tudo em volta ficar mais negro ainda. E ele, o avião, A Coisa veio correndo para cima de nós, fazendo o barulho maior do mundo. Meu Deus!, gritou uma das meninas. Quando ele passou em cima da minha cabeça, fechei os olhos, e tapei os ouvidos, mas o barulho entrava pela minha boca, fazia os meus dentes doerem, varava os meus poros, um troço insuportável de grande, como a certeza da morte imediata.

Que coisa infernal, gritou Pedrinho, ajoelhado na calçada. Sua voz mal se ouvia, apesar de o avião já estar longe. Gina rodopiava pela estrada, botando sangue pelo nariz; Gilda se trancara no carro, cobrindo a cabeça com os braços. Corri para Gina, que mantinha as duas mãos cobrindo os ouvidos e caminhava pelo meio da estrada de olhos fechados. Sangue cobria a sua boca, o queixo, manchava o vestido. Tentei tirar as mãos dos seus ouvidos mas não consegui. Levei-a assim mesmo para o carro. Vamos dar o fora daqui, disse Pedrinho. Sua voz parecia que vinha de dentro de um barril.

A viagem de volta foi feita quase em silêncio. Que maravilha, disse alguém. Pedrinho dirigia devagar e não estalava os dedos. Disse, não devemos contar para ninguém senão todo mundo vai querer fazer isso e não vai mais dar pé.

Paramos próximo da casa de Gina, numa rua escura. Pedrinho beijou Gilda, mas nenhum dos dois estava lá muito fanático; pararam e ficaram fumando. E eu? Eu, cujos planos emergiram todos do fundo da minha cabeça; confuso: uma mulher, uma mulher, que fosse sábia, forte, tivesse calor e energia, que espremesse de dentro de mim o berne frio que ocupava um espaço de minha vida, me fizesse esquecer coisas que eu não lembrava, me afogasse, me cansasse, me deixasse arriado e acima de tudo fosse enorme, absoluta e envolvente como a terra que cobre a sepultura.

Olhei para a moça do meu lado; ah! Gina!, pensei, não é você, não é nada disso. O rosto dela ainda estava meio sujo, uma sujeira feita de sangue e Helena Rubinstein que o lenço não conseguira apagar de todo. Não é você, Gina, não é ninguém, não é, não é!

Não é o quê?, perguntou Gina. Com licença, eu disse, e fui empurrando, pisei no pé dela, ficou maluco?, espremi Gilda, saí.

Saí e fui andando pro lugar onde eu morava, sentindo. Quando eu ficar mais velho isto passa; se eu ficar mais velho. Na porta do meu edifício vi que não estava sozinho. Boa noite, eu disse e ela me olhou sem responder. Você trabalha aqui?, perguntei. Ela respondeu, trabalho no quarto andar. Eu disse vem cá, quero falar com você, e caminhei para as escadas, ela me seguindo. Subimos. Paramos no escuro. Como é o teu nome? Marli. Fiz com que ela me excitasse, dei instruções precisas que ela executou docilmente; possuía-a, ambos em pé, curvados como os dois bichos que éramos; suas mãos me agarravam com força, seu corpo tremia da posição e da ânsia, um gemido se expandia dentro do seu peito como vapor de água fervendo; nesse instante de apogeu sua boca procurou a minha, mas eu virei meu rosto: como se aquilo fosse me doer?, me perder? — também, mas principalmente como se fosse me roubar.

Ela ajeitou suas roupas. Disse, meu bem, e isso me deixou arrepiado, pois naquele momento eu era mesmo o bem dela e o meu bem qual era? Disse, vai embora, não faz barulho. Ela sussurrou, amanhã?, enquanto tirava os sapatos. Não respondi.

Desci as escadas, voltei para o hall de entrada, peguei o elevador, entrei no apartamento, tirei a roupa, fui ao banheiro, me lavei, deitei na cama.

E na cama pensei, comecei pensando: dei azar, dei azar — dei azar, dei azar, dei azar —, como carneirinhos pulando uma cerca, a coisa não acabava mais e eu não dormia. Enquanto isso um outro pensamento ia assomando, algo que me espreitava no escuro do meu quarto: o ruim do mundo eu ainda não tinha visto, mas faltava pouco, muito pouco para que isto acontecesse.

OS GRAUS

Estou feliz, me sinto como se fosse um, um — um animal. Sinto que se der um salto os músculos me levarão longe; sou leve, embora meu peso seja poderoso; com uma dentada arranco, se quiser, um pedaço da carne da mulher ao meu lado, com roupa e tudo. No meio desses pensamentos de euforia surge a lembrança de alguns bifes difíceis de mastigar; e a voz dela lendo a capa do disco: puxa, cantochão e tudo.

Encolho a barriga; não quero ter o ar de coruja de certos amigos. As rugas do meu rosto não são vistas na penumbra em que nos encontramos. Ser velho. Sou um homem, ainda. Ela dança ao som da música. Me beija nas costas, enquanto deito a cabeça sobre os braços. É um gênio, ela me pergunta: diz o nome dessa coisa.

Eu (*em pensamento*): Ah, ah, ah, se morro, o que é que fica?
Ela: Como é o nome?
Eu: Carmina Burana.
Ela: *O quê?*
Eu: Carmina Burana.

Ela: Ca — ca o quê?

Eu: Carmina Burana.

Ela: Você quer escrever num papelzinho?

Você é muito louca, digo. Por quê?, ela responde, você é louco? O tempo todo ela me olha dessa maneira esquisita; algo que lembra um gato observando dissimuladamente um rato. Mas por quê? Ainda há pouco pareceu-me sentir um certo desdém, não no olhar, na sua boca. Absurdo.

Eu sou louco? A opereta está no fim, diz ela. Se veste. Tem sardas. Eu tenho rugas. Ah, ah, ah, ah, ah, ah, ah, ah, ah!, que os pariu! Encolho outra vez minha barriga. Ela agora está vestida, deita na cama e lê novamente a capa do disco. O que vai pela sua cabeça? E pela minha? O cabelo dela lhe cai pelo rosto. Estou esgotado. Quando era jovem não tinha as mulheres que queria; tenho-as quando velho, juro. Mas me canso facilmente. Inferno! Já andei pelas ruas, como um louco, procurando uma mulher, uma qualquer, e não conseguia; agora as tenho, mas faltam-me as forças. Mundo besta, este.

A menina deitada na minha cama, prestes, disponível pergunta, esse Carl Orff é conhecido? Eu respondo: por quem conhece. Ela, cheirando as minhas mãos: que sabonete é este? Eu penso, e digo: Phebo. Ela diz: não. Então qual é?, pergunto. Ela: outro, um rosa, outro rosa. Tentou: Lux? Ela enfia a mão no meu nariz e diz, é um rosa, outro rosa. Qual a marca então, hein?, pergunto. Esse cheiro, meu caro, não é Phebo nem Lux, diz ela; e alisa os meus cabelos, e o meu peito e me beija debaixo do braço, e nas costas, e nas omoplatas, e no pescoço, e no nariz. Gosto dessa balda: ela inteiramente vestida e eu inteiramente nu. A música a perturba: é uma opereta diferente, essa: ah, estou corrompendo essas meninas: nunca mais serão as mesmas: num só golpe liquido Rodgers & Hammerstein, Lerner & Loewe.

Tenho que ir embora, digo. Já estou pronta, ela responde, e continua: você não muda, sempre a mesma coisa. Pergunto: o que é que você quer dizer com isto? Ela responde: aparece e some, não envelhece, não emagrece, não engorda. Você é uma louca, eu digo. Diabinho, diz ela, estou tremendo de medo de você; quanto tempo faz que nos conhecemos? Dois anos? Sei lá, o que você acha?, respondo. Ela diz: dois anos, um instante, nesses dois anos encontrei você vinte vezes, não?

Eu: Vinte vezes, é?
Ela: Só...?
Eu: Só, você perguntou?
Ela: Hein?
Eu: Você perguntou ou afirmou?
Ela: Perguntou ou afirmou o quê?
Eu: Que vinte vezes era só.
Ela: O que que você acha?
Eu: Eu perguntei primeiro.
Ela: É pouquíssimo. Já te disse que você tem cara de santo?
Eu: Eu sou santo.
Ela: Não estou brincando, não. Vou trazer o retrato dele para você ver. Desse santo que eu falo.
Eu: Retrato?
Ela: É igualzinho, igualzinho — o mesmo olho triste, essa mesma ruga, aqui...

Muito de leve seus dedos correm pelas rugas do meu rosto. Me conta uma história, antes de eu ir embora, ela pede. E tira a roupa com a naturalidade de alguém que se senta numa poltrona: ela gosta das minhas histórias e quer ouvi-las confortavelmente. Engraçado: ainda no ano passado o quarto não era escuro suficientemente para ela se despir e apesar das cortinas cerradas, da penumbra, ela se encolhia e se cobria com as mãos, aflita e envergonhada.

Começo: vou te contar. O Herói estava na casa de uma moça: muito bonita, judia, de perna quebrada. Além do Herói uma porção de pessoas estavam na casa da moça; essas pessoas não interessam, são irrelevantes; mas não iam embora e o Herói e a Moça Judia se olhavam ansiosos, ainda que de maneira secreta e rapidíssima; e o tempo ia passando e quando parecia que todos iam embora um gaiato inventava de assinar no gesso da perna quebrada ou então em transformar amor em *ódio* no jogo de palavras inventado pelo Lewis Carol — e tudo começava de novo, para sofrimento do Herói e da Moça Judia. Até que de madrugada resolveram todos se despedir. Um ainda disse: você vai ficar sozinha?, não precisa que alguém fique aqui com você?, e a judia respondeu enfática, a minha empregada dorme aqui comigo, não se preocupe. Afinal saíram todos. Na porta da rua conversaram um pouco, e, em seguida, cada qual seguiu o seu caminho. Como batia o coração do Herói! Quinze minutos depois ele estava de novo na porta do edifício da judia, olhando para a janela do nono andar, onde ela morava; quando ela surgiu os dois se olharam e, mesmo de longe, o olhar deles queimava. Depois a judia embrulhou a chave num papel branco e mirou bem onde o nosso Herói estava e jogou-lhe a chave com incrível pontaria: o embrulhinho foi cair diretamente no fundo do bueiro da rua. Era a chave da portaria do edifício. O Herói ficou desesperado; tentou levantar a grade, tentou enfiar a mão pela abertura da grade, cansou-se nesses labores inúteis; ofegante pelo esforço, xingava a judia de todos os nomes sujos que sabia; depois, desesperado, olhou para a janela e murmurou baixinho, e agora?, e agora?, com tanta dor que ela ouviu e sentiu lá de cima, do nono andar, e respondeu também num murmúrio tão necessitado que desceu como uma gaivota faminta mergulhando no mar e entrou pelos ouvidos do Herói: *espera!* Esperar? O que iria ela fazer? Se chegasse alguém que abrisse a porta da rua seria tão bom! Mas não chegaria ninguém a uma hora daquelas e se chegasse ele não teria coragem de se aproveitar para entrar no edifício. Mas ele esperou e nada acontecia e por isso começou a sorrir e mesmo a gargalhar com raiva e desprezo, dele mesmo e da judia. De repente parou assustado pois viu um vulto horrível que rastejava como um bicho pelo hall do edifício em direção à porta de entrada, em busca dele, Herói. Seu corpo tremeu de medo, e continuou tremendo mesmo depois que viu o que era aquilo, agora não mais de medo, mas de excitação e fascínio: era a judia que se arrastava deitada sobre a perna engessada e que pouco depois abria a porta. O Herói a pegou no colo e carregou até o elevador e até a cama, sem sentir peso algum pois nunca se sentira tão forte em sua vida.

Ela: O que eles fizeram na cama? Eles... eles — e a perna engessada?!

O que fizeram?! ah! Ouça: o Herói era tarado pela Moça da Perna Quebrada, tarado porque ela era judia, tarado porque os seus cabelos eram cor de fogo, tarado porque o corpo dela era todo coberto de sardas, tarado porque ela era linda, tarado porque estavam no princípio do seu amor — pois bem, depois que ela, para poder ir para cama com ele, fez o que fez, você acha que ambos dariam importância a uma coisa pífia como o gesso de uma perna? han, han!? Eles se engolfaram e se abismaram, se entregaram um ao outro, fruíram-se orgulhosamente... a coisa mais linda que aconteceu na vida deles...

Ela: Você?
Eu (*as lágrimas escorrendo pelo meu rosto*): Sim... aos vintes e um anos...
Ela: Não chora...
Eu: Não é nada não, é que isso nunca mais vai acontecer, uma dona infernal fazer misérias para dormir comigo.
Ela: E eu?
Eu: E eu?
Ela: Sim. E eu?
Eu: A tua perna não está quebrada.
Ela: Me conta a minha história. Eu quero ouvir a *minha* história.
Eu: Sem retoques, nem ornamentos?...

Eu conto histórias para ela, histórias de homem, de mulher, de homem-e-mulher: a história da minha jovem vizinha que sai de casa no sábado de carnaval, e volta na quarta-feira de cinzas dizendo: "mais uma vez cheguei em casa inteira, nunca chego sem pedaço"; ou do ascensorista do edifício onde tenho escritório que, sem que ninguém soubesse, morava dentro do elevador — ele, a mulher e dois filhos; ou a história do casal doido de amor que se trancou dentro de um quarto e fornicou sem parar uma semana inteira até ficar com ódio um do outro.

Muitas histórias, mas a história dela eu nunca contei; no entanto a sua complacência me irrita, a casualidade com que ela encara, ou melhor *não* encara a nossa diferença de idade, a sua docilidade, a sua inteligência, a sua magnífica e arquetípica ignorância, a sua beleza, a sua saúde, a sua tranquilidade me causam raiva, vontade de puni-la.

Eu: Sem retoques nem ornamentos?
Ela: Crua...
Eu: Nua?
Ela: Como convém à verdade.

Vamos começar então dizendo que qualquer semelhança é mera coincidência e a história se chamará a história da mulher cujo marido não lhe dava dinheiro para a sua vaidade. Posso continuar?

"Você é casado, não é? Se não fosse eu não confiava..." Isso depois de uma treta comprida que nós dois terçamos; claro: "Sou".

(Tempos depois, na cama: "Como é o nome de tua mulher?". Não disse. Ela insistiu: "Você não quer dizer?". "Não, meu bem, não quero que ela exista em teus pensamentos, ela tem que ser um peixe no aquário, muda, distante, indiferente.")

"Meu marido não me dá dinheiro para a minha vaidade"... Ela tinha carro —

Ela: Chega.
Eu: Nua e crua...
Ela: Tá bom, continua.

— piscina, casa enorme com todas as máquinas e aparelhos, seis empregados; porém, roupas e joias — nada. Sujeito esquisito: engenheiro; construía em tudo que era canto, tinha tabuleta dele em todo lugar, me perseguia; às vezes eu parava e ficava olhando a placa com o nome dele — aí pensava na mulher. Num dia de maior exaltação tive vontade de trepar numa escada e escrever na tabuleta em seguida ao nome dele: fulano de tal: "corno".

Ela vinha me ver vestida na maior pobreza. Não: simplicidade; nem joias, nem pintura; nada. Isso a piorava? O burro! Melhorava, afastava os rococós, as estilizações, essa porcariada que as mulheres supõem enfeitar, mas que só servem de diversionismo — e aí ela, ah! era só corpo, simetria, fome, retaliação.

Ela: Retaliação?
Eu: O marido não dava dinheiro para a vaidade dela.
Ela: Por que retaliação? E se ela estivesse interessada no amante?
Eu: Um velho?
Ela: E no entanto...
Eu: E no entanto?
Ela: E no entanto mais jovem do que muitos que, que ela conheceu...
Eu: ...Muitos...? —
Ela: Adiante, adiante com a história.

O rosto limpo, toda ela crua, pura — você não conseguia dar um beliscão nela, de tal maneira era esticada a sua pele. Pele? ela não tinha pele, ela só tinha carne, uma carne firme, em todas as partes do corpo, note bem: matava uma pulga espremendo-a com a unha do meu polegar de encontro à barriga dela, se quisesse; tão infernal que me dava vontade de lhe dar cabeçadas no corpo, já que não podia mordê-la. E eu *dava* cabeçadas no ventre rijo dela, curvado como um touro que quisesse voltar para o verde útero bovino de sua mãe, um útero que fosse Deus e o Nada. E ela segurava a minha cabeça dirigindo seus arremessos — como os de um aríete que fosse trespassá-la rompendo as portas da sua carne — e ria até que nos embolávamos suados e eu sentia o gosto do suor dela na minha boca, nosso suor estalando entre nossas barrigas, o suor empapando minhas pestanas, vaidoso por suar tanto, orgulhoso pelo longo tempo que ficava dentro dela. "Como é o nome de tua mulher?", isso ela perguntava de repente. Ora, ora, o nome da minha mulher eu não podia dizer, isto é definitivo: eu não tinha mulher, era, e sou, solteiro. Inventei um nome: Maria — todas as mulheres deviam se chamar Maria e andar de preto, com as costas e os braços à mostra. "Você gosta que ela ande bonita, a sua mulher?", ela perguntou. "De preto, com os braços e as costas à mostra", respondi. "Ele não. Me deu um Portinari, sabe, mas gosta que eu ande assim." "Assim, assim?", perguntei a ela, deitada na cama, nua como se fosse um sol ou uma cobra. "Não, assim como eu cheguei."

    Ela: Você é solteiro?
    Eu: Sou.
    Ela: História muito instrutiva, essa.
    Eu: E um pouco chata, também.
    Ela: Chata não, quadrada; começo, meio, fim.
    Eu: Fim?
    Ela: Você se lembra daquele dia em que fomos à praia juntos?
    Eu: Lembro.

Ela: Lembra mesmo?

Eu: Mais ou menos.

Ela: O dia em que resolvemos dar nota às mulheres bonitas da praia. Lembra?

Eu: Agora lembro.

Ela: Passamos por um aleijado, de cabelos compridos e barba e você disse "vamos dar nota para esse cara também", lembra?

Eu: Lembro. Ele estava na última moda; cabelos como do Búfalo Bill, barbicha, ar blasé, e desfilava.

Ela: Você deu zero para ele.

Eu: Dei? Acho que foi por estar na última moda.

Ela: Um aleijado, ainda que na última moda, merecia mais do que zero.

Eu: Dei zero, e não tiro.

Ela: Você naquele dia não deu dez para ninguém. Procurou, procurou na praia enorme, meus pés doíam de tanto andar e nenhum dez. Eu ganhei nove.

Eu: A nota mais alta.

Ela: Você procura coisas impossíveis de serem achadas.

Eu: Rrrr!

Ela: Como a pessoa que seja ao mesmo tempo anão, padre, preto, corcunda e homossexual. Isso não existe.

Eu: Anão, padre, preto, corcunda, homossexual e míope, de óculos. Não desisto, um dia acho, você vai ver.

Ela: Então você se lembra desse dia?

Eu: Lembro.

Ela: Eu lhe pedi que me ajudasse, lembra?

Eu: Lembro.

Ela: E você sumiu, durante meses, lembra?

Eu: Lembro.

Ela: Meses, meses, um dia voltou, dizendo que tinha ido aos Estados Unidos. Lembra?
Eu: Lembro.
Ela: Você tinha ido aos Estados Unidos?
Eu: Não.

(Eu *tinha* ido, mas a verdade, para os efeitos daquela conversa, era que eu *não* tinha ido.)

Ela: Por que você mentiu?
Eu: Achei que se fôssemos para cama juntos você ia querer abandonar o marido e vir viver comigo. Retidão.
Ela: Mas acabamos indo para a cama e eu não abandonei o meu marido.
Eu: Um erro de cálculo meu, felizmente.
Ela: Pois hoje decidi vir aqui, e também te dar uma nota. Uma nota alta significa que abandonarei o meu marido e virei morar com você.

Ela começa a se vestir enquanto eu protesto, que loucura, pensa bem no que vai fazer, eu não sirvo para casamento, meu gênio não presta, sou um velho solteirão, empedernido...

Calças, cinta-liga, meias, sutiã, anágua, vestido, sapatos — e ela vai para o banheiro...

Sou cheio de manias!, grito para ela ouvir e ela me solta uma gargalhada dessas que nos desenhos animados fazem partir os vidros das janelas. Fico preocupado: é uma gargalhada daquelas feiticeiras de nariz curvo, assexuadas, que tramam a desgraça do mocinho e o mocinho, o mocinho, bolas!, sou eu.

Ela sai do banheiro e ambos estamos sérios. Ela me olha de

alto a baixo, o rosto impassível. Um olhar inesperado, que me surpreende.

Encho-me de coragem e pergunto: "Qual a minha nota?".

"Zero", diz ela.

Procuro no meu rosto algo que me diga que tudo não passa de uma brincadeira, mas nada consigo ver, num sentido ou no outro. Ela sai e me deixa sozinho, um velho.

A COLEIRA DO CÃO

O carro não pôde subir até ao alto do morro, onde havia uma clareira. Vilela saltou, acompanhado de Washington e Casemiro. Havia chovido na véspera; o caminho enlameado sujava o sapato dos três. De cima, imóveis, umas seis pessoas observavam a aproximação dos que subiam; mas quando eles chegaram, viraram o rosto ou olharam para o chão.

Vilela chegou perto do corpo caído. Na testa negra havia um orifício avermelhado; a parte de trás da cabeça tinha desaparecido, em seu lugar havia um buraco onde se viam restos de miolos, lascas de ossos misturados com cabelos, coágulos de sangue escuro cheios de moscas. Sangue empapava a camisa, no peito e nas costas.

Washington se aproximou segurando uma mulher pelo braço.

"Ninguém viu nada. O senhor sabe como é que é." Riu, balançando a cabeça; o seu peito chiava. "Esta aqui é a mulher dele."

"A senhora é a mulher dele?", perguntou Vilela.

"É a mulher dele", disse Washington.

"A senhora é a mulher dele?", perguntou novamente Vilela. Mulher: (um som baixo, ininteligível).

"Mais alto, não ouvi", disse Vilela.

"Sou", disse a mulher.

"Qual é o nome dele?", perguntou Vilela.

"Claudionor", disse Washington.

"Claudionor?"

"Nonô", disse a mulher.

"Ele trabalhava para o bicheiro Barata", disse Washington.

"A senhora sabe quem fez isso?", perguntou Vilela.

"Não senhor", disse a mulher.

Washington afastou-se. Vilela ficou olhando a mulher em silêncio. Um carro da radiopatrulha parou embaixo do morro. Um guarda saltou e começou a subir. Subia apressado, equilibrando-se no chão escorregadio. "Quem é o delegado aqui?", perguntou ao chegar. "Sou eu", respondeu Vilela. "Tem outro serviço para o senhor lá embaixo", disse ele olhando sem interesse para o corpo caído. "Mataram um cara dentro do ônibus Triagem–Leme."

"Dentro do ônibus?"

"Cinco sujeitos, de quarenta e cinco, uma fuzilaria danada."

"Chama a perícia pelo rádio."

"Já chamamos."

"Alguém viu?"

"Todo mundo viu. Foi uma festa de São João."

"Onde é que está o ônibus?"

"Na Ricardo Machado."

"Quem ficou lá?"

"Errepê dezesseis."

"Desce e pede novamente perícia e rabecão para este aqui."

"Estão no barracão do tal Severino Marinheiro. Ouvi pelo rádio."

"Ainda?"

"O senhor anda mais depressa do que eles, doutor. Que domingo, hein?"

"É mesmo."

"Já pensou como é que vão sair os jornais amanhã?"

"É... Ainda não apareceu nenhum. Este é o terceiro local com cadáver-e-tudo e nenhum apareceu."

"O pessoal lá na Central está sacaneando esses escrotos. Eles agora vão ter que rebolar para fazer o boneco."

"Por quê? O que que há?"

"Coisas, doutor, coisas."

O guarda começou a descer, o quepe na mão sendo usado como ventarola. Vilela gritou: "Quem foi o cara que mataram?".

"No ônibus?"

"É."

"Um tal de Alfredinho. Espremedor do Batata."

Vilela caminhou até onde estava Washington.

"Mataram outro sujeito. Dentro do ônibus na Ricardo Machado."

"Eu sei doutor, ouvi o senhor conversar com aquele guarda. Meu ouvido é de morte, ouço da minha casa na praça da Bandeira o navio entrando no porto."

"Vou para a Ricardo Machado. Você fica aqui, espera a perícia. Depois arrasta quem achar necessário lá para o Distrito."

"Quem, doutor?"

"A mulher. E mais alguém que possa saber alguma coisa."

"Por quê?"

"Eu preferia ir com o senhor, lá no ônibus."

"Por quê?"

"Eu queria ver aquilo..."

"Você é muito curioso."

"O senhor já percebeu, não é? Mas não é só curiosidade, não. Tenho uma teoria."

"Depois você me diz, agora não."

"Quando o senhor quiser."

"Enquanto isto vai desenvolvendo a sua teoria."

"Está certo. A outra coisa é que é melhor o Casemiro ficar aqui, ele conhece a gente deste morro melhor do que eu. Vê só, já está cochichando com uns caras naquele canto, o senhor está vendo?"

"Casemiro!", gritou Vilela.

Casemiro demorou um pouco a atender ao chamado de Vilela. Continuou conversando com três homens. Quando veio, veio devagar. Era um homem pesado, que andava lentamente.

"Você fica aqui, Casemiro. Eu e o Washington vamos lá embaixo. Outro caso."

"Chumbaram o Alfredinho, aquele capenga, espremedor do Batata", disse Washington.

Casemiro balançou a cabeça. "O negócio está duro, mas acho que vou arranjar um canário para o senhor."

Vilela pareceu não ter ouvido. "Você espera a perícia, o rabecão, depois leva a mulher para o Distrito e um ou dois sujeitos que você achar que estão escondendo jogo."

Vilela e Washington desceram o morro. À esquerda via-se a Barreira, com seus barracões alinhados assimetricamente, à direita, ao longe, as chaminés das fábricas. O peito de Washington começou a chiar novamente. "Morro miserável."

Ao chegarem no carro ambos bateram várias vezes com os pés no chão asfaltado, para tirar a lama dos sapatos. "Eu se fosse morar em morro ia morar no Cantagalo. Pelo menos via a Lagoa."

Havia muitas pessoas em volta do ônibus. As duas RP paradas ao lado. Um guarda estava na porta do ônibus. "É o delegado", avisou Washington. O guarda deu passagem para Vilela. Vilela entrou. "Lá no fundo, doutor", disse o guarda. Da entrada do ônibus Vilela nada via. Caminhou em direção à porta traseira. Abandonados, em vários bancos, um sapato, uma saca de feira com legumes aparecendo, um jornal, um guarda-chuva. No último banco, encolhido no fundo, braços e pernas dobrados, comprimidos contra o chão, a cabeça enfiada debaixo do banco, estava o corpo de um homem. Atrás de si, Vilela ouviu o chiado de Washington. "Ele tentou ficar pequenino, se enfiar debaixo do banco para ver se escapava, mas não conseguiu. Já vi um sujeito de um metro e oitenta se enfiar num desses nichos de medidor de gás, uma coisa incrível, se dobrou todo, ficou do tamanho de um gato. Mas não adiantou nada, foi estourado lá dentro mesmo. Foi um custo tirar ele do buraco."

Havia marcas de bala por todos os lados.

"Quem viu?", perguntou Vilela ao guarda, fora do ônibus.

"Esse aqui é o motorista do ônibus, doutor."

"Como é que foi a coisa?"

"Eles fecharam o ônibus, dentro de um táxi preto. Saltaram quatro homens de dentro do táxi; um foi logo dando um tiro no para-brisa; entraram no ônibus mandando todo mundo para fora, só ficou um passageiro que havia pegado o carro numa meia parada que fiz em frente ao galpão da Mercedes. Os homens estavam atrás dele. Ele gritava pedindo para não ser morto, de longe a gente ouvia. Deram mais de cem tiros. Depois ficou tudo em silêncio e eu voltei."

"Você viu a chapa do táxi?"

"Doutor, eu só pensava em dar o fora rápido e rasteiro. A pinta dos sujeitos era brava."

"Você já tinha visto eles antes?"

"Só vi que tinha uns crioulos."

"Eram todos pretos?"

"Não sei, doutor. Acho que uns dois eram."

"Quem mais viu?", perguntou Vilela ao guarda. "Olha, daqui você vai lá para o Distrito", disse para o motorista.

"E o ônibus, doutor?"

"O ônibus vai também. Você: me conta o que viu." O homem segurava a calça, tentando tapar um rasgão na altura da coxa.

"Eu saí pela janela. Os homens entraram dando coronhadas, socos e pontapés em todo mundo, até nas mulheres gritando, 'pra fora, todo mundo pra fora, pra fora!'. Depois que levei o primeiro soco tentei sair pela porta mas tinha uma porção de gente se empurrando pra fugir e só deu jeito mesmo de sair pela janela. Nem sei como é que foi, sei que de repente eu estava do lado de fora, correndo."

"Viu bem a cara deles?"

"Vi cara nenhuma. Parecia o fim do mundo. Só quis saber de dar o pira."

"E esse que te deu o soco?"

"Só vi um dente de ouro brilhando na boca dele."

"Aonde estão os outros passageiros?"

"Foram embora", disse o guarda.

"E essa gente toda?"

"Curioso, doutor. Só vão arredar o pé quando o rabecão levar o cadáver."

"Quero o local isolado para a perícia. Ela deve chegar daqui a pouco. Vamos embora, Washington."

Na porta do Distrito estava o guarda Demétrio.

"Daqui a pouco vão chegar umas testemunhas. Você toma nota dos nomes e endereços. A RP tomou nota de alguns, talvez todos. Você confere, está bem?", disse Vilela.

"O Casemiro quer falar com o senhor."

Casemiro estava na sala do delegado.

"Quer falar comigo?"

"Arranjei um camarada para dar o serviço. Ele sabe quem matou o Claudionor."

"Ótimo."

"Mas disse que só fala para o senhor."

"Está bem. Traz ele aqui."

"Aqui ele não vem, está apavorado."

"Arranja então um lugar para eu falar com ele."

"Ele mesmo arranjou. Na cidade. Não quer se arriscar, quer falar só com o senhor, não quer que ninguém saiba, nem aqui no Distrito, que vai abrir o bico."

"Está bem. Em que lugar na cidade, a que horas?"

"No Passeio Público. Ele já deve estar lá esperando."

"Como é que eu vou fazer para identificá-lo?"

"Ele estava no Tuiuti, no meio daquela gente que espiava o corpo do Claudionor. Viu o senhor."

"Como é que ele é?"

"Mulato, puxa duma perna. Vende pentes, espelhos, lápis, no meio da rua, na zona comercial; o ponto dele é na rua Uruguaiana. O nome é Marreco."

"Marreco?"

"É conhecido como Marreco. O nome mesmo não sei. Cagueta pra nós tem muito tempo. Em paga, quando há uma onda dessas de perseguir ambulantes a gente sempre arranja um jeito de salvar ele."

Vilela chamou Washington e Demétrio.

"Vou dar uma saída."

"Quer que eu vá com o senhor?", perguntou Washington.

"Não. Fica aqui ajudando o Demétrio a conferir os nomes das testemunhas. Depois, pode mandar todos embora. Não é necessário chamar o escrivão. Não há flagrante para lavrar; depoimentos podem ser tomados noutro dia."

No Passeio Público Vilela ficou andando de um lado para outro, durante uns quinze minutos. Ninguém se aproximou dele. Depois atravessou a rua e viu os cartazes do cinema. Um mendigo, cego, sentado num banquinho, com um pandeiro e um rádio de pilha, tocava e cantava, acompanhando a música que saía do rádio: "É hoje que eu vou me acabar, só voltarei quando o dia clarear". Vilela voltou para o Passeio Público. Sentou num banco. Subitamente o homem apareceu capengando e sentou-se ao seu lado.

"Pensei que você não vinha mais", disse Vilela.

"O senhor estava andando, doutor, dando na vista."

"O Casemiro disse que você tem algo para me contar."

"Tenho, seu doutor, mas o que vou lhe dizer é pra ficar entre nós dois. Não é mole não, e eu tenho família pra sustentar."

"Está certo, fica entre nós dois."

"Quem fez aquilo foi o gango do Bambaia. Bambaia comandou."

"Bambaia?"

"É um nego mau, doutor."

"Como é que você sabe que foi ele?"

"Eu sei. Quem me disse é de fé. Mas prefere morrer a contar pra polícia."

"Por que foi que eles mataram o Claudionor?"

"O Bambaia vive do levado do bicho e parece que o pessoal do seu Batata endureceu e eles castigaram para dar o exemplo."

"E o tal de Alfredinho? E o Severino Marinheiro? Trabalhavam para o mesmo banqueiro e também foram mortos. Você sabia?"

"Seu Casemiro me disse. Não posso garantir porque disso não fui informado, mas deve ser coisa do Bambaia também."

"Onde é que o Bambaia vive?"

"Tem uma maloca na Barreira, não sei certo onde é. Mas anda por todo lado, no Tuiuti, no Buraco da Lacraia, no Esqueleto. Ele é doente, mas não para, assombra em uma porção de lugares diferentes."

"E os demais integrantes do bando? Você sabe os nomes?"

"Quem doutor?"

"Os outros sujeitos que assaltam com ele, quem são?"

"Não sei, doutor. Só sei isso que lhe disse. Isso sei com precisão, o que não sei com precisão não digo. Ouço muita coisa, mas só conto aquilo que é certo. Aprendi que quando a gente fala errado a gente se estrepa."

"Pode dizer. Não vai acontecer nada com você."

"Sou caguete mas não faço sujeira. Não vou trumbicar a vida do inocente. Mas tem gente na Barreira que sabe."

"Quem?"

"Gente..."

Ficaram em silêncio. Marreco levantou-se. Ficou em pé algum tempo. Depois saiu mancando na direção da Lapa.

Vilela foi até o ponto do ônibus. Entrou no ônibus parado, tirou um livro do bolso e começou a ler imediatamente.

Washington estava sentado na cadeira de Vilela. Levantou-se, saindo da mesa, quando o delegado entrou.

"Está tudo sob controle, doutor. Os cadáveres estão na geladeira do Médico Legal; parece que as autópsias vão ser amanhã. As perícias já foram feitas e eu mandei desinterditar os locais. Botei aqui nestas folhas tudo o que o senhor precisa para o registro."

Vilela sentou-se.

"Liga para a perícia."

Washington fez a ligação.

"Aqui é o delegado Vilela. Eu queria falar com um dos peritos que estiveram no Tuiuti, na Ricardo Machado..."

"Alô", disse uma voz, pouco depois, "é o perito Martins, falando."

"Eu queria que o senhor me adiantasse uma informação, se possível."

"Pois não."

"Os ferimentos causados nas vítimas foram feitos pelas mesmas armas?"

"Ainda é cedo para sabermos", disse o perito. "Foram usados dois tipos de armas, quarenta e cinco e trinta e oito. Mas o exame dos projéteis é que poderá dizer se saíram dos mesmos canos. E isso vai demorar um pouco."

"Eu sei", disse Vilela. "Mas tenho que fazer umas investigações e queria saber se há possibilidade de os tiros terem sido disparados pelas mesmas armas."

"Bem, isso é possível. Coletamos projéteis e cápsulas dos dois calibres, nos três locais. Assim que no Médico Legal tirarem os projéteis dos cadáveres eu comparo tudo, faço os laudos e lhe mando imediatamente."

"Não tenho pressa dos laudos. Quando o senhor tiver algum resultado eu apreciaria muito um telefonema antecipando o laudo. O laudo pode ficar para depois. Está bem?"

"Pois não, doutor."

"Muito obrigado."

Vilela desligou.

"Cadê o Casemiro?"

Washington chamou Casemiro.

"Olha", disse Vilela para os dois, "eu já sei quem matou o Claudionor e acho que o sujeito participou dos outros dois casos também. É um tal de Bambaia. Vocês conhecem?"

"Quem lhe disse, doutor?", perguntou Washington.

"Não posso dizer."

Washington calou-se.

"Vocês conhecem esse sujeito?", perguntou Vilela.

"Já ouvi falar", disse Casemiro, "é um maconheiro, assaltante de ponto de bicho, um cara perigoso. Já andou preso aqui no Distrito, mas há muito tempo, antes do senhor vir para cá. Averiguações. O pessoal da Vigilância pegou ele, ficou uns dias no xadrez, mas depois mandaram embora."

"Isso tem mais de dois anos", continuou Casemiro. "Mas naquela época acho que ele não fazia nada assim muito importante. Dava para pegar ele na vadiagem, mas o xadrez já estava cheio de gente à disposição, que não ia pro Presídio porque não tinha vaga e o jeito era fazer poucos flagras. O delegado Pastor fazia tudo para enviar eles para o Presídio, ou mesmo para a Penitenciária, mas não teve jeito não, teve nego que ficou no xadrez mais de ano, aguardando o processo terminar."

"Teve dois caras que mesmo depois de condenados continuaram presos aqui no Distrito. O delegado Pastor dizia que isso era ilegal e absurdo, mas o que não é ilegal e absurdo neste país?", disse Washington.

"Você conhece o Bambaia?", perguntou Vilela.

"Já ouvi falar", disse Washington.

"O quê?"

"Pouca coisa, essa zona aqui eu conheço pouco. Vim de Madureira. Quem conhece aqui bem é o Casemiro", disse Washington, fazendo menção de retirar-se.

"Fica aqui, ainda não acabei. O Bambaia parece que mora ou morou na Barreira. Temos alguém lá?"

"Tem o Pernambuco-Come-Gordo."

"Quem é?"

"Cupincha do Demétrio."

"Chama o Demétrio."

Demétrio entrou.

"Demétrio, conta aqui pro doutor a história do Pernambuco-Come-Gordo."

"Doutor, hoje ele anda dentro da lei, quer dizer, mais ou menos. Mas antigamente, há muitos anos atrás, o senhor nem devia ser da casa ainda, o Pernambuco-Come-Gordo era o sujeito mais ruim que já andou por toda esta zona. Assaltava, marcava, matava — um mulato grande que dava facada e tiro, mandava e desmandava na Barreira e ninguém tinha peito de ir lá dentro pegar ele. Até que um dia veio aqui para o Distrito o falecido delegado Moreira. Era um homem que nunca ria. Chamou o pessoal da Vigilância e mandou atrás do Pernambuco. Vasculharam a Barreira, dia e noite, até que apanharam o Pernambuco, depois de um tiroteio danado. Para agarrar o homem foram precisos dez, e assim mesmo ele só veio desmaiado. Jogaram ele no chão da sala do delegado, amarrado de corda, todo arrebentado de cacete e borrachada, sangue saindo por tudo quanto era buraco que ele tinha, até do cu, com perdão da palavra. O delegado Moreira se curvou sobre ele, dizem que esta foi a primeira vez em que foi visto rindo, mas isso durou pouco pois quando verificou que o Pernambuco ainda estava vivo teve um acesso de raiva e pulou sobre o corpo aos berros '*eu mandei trazer morto!, eu mandei trazer morto!*'; enquanto sapateava feito um louco em cima do peito e da barriga. Pernambuco foi para o hospital, tinha osso partido, costela fincada no pulmão, bexiga estourada, rim solto, diziam que ia morrer. Ficou meses, mais pra lá que pra cá, mas afinal escapou. Andou sumido, muito tempo. Depois surgiu de novo, abriu uma tendinha na Barreira. Ficou amigo da gente. Amigo mesmo. Mas não afrouxou não, já matou dois, mas o delegado Freitas, encarregado do caso, fez vista grossa: agora é amigo nosso, a gente tem que arreglar as coisas pra ele, o senhor não acha?"

"Preciso falar com esse homem", disse Vilela.

"Quando?", alguém perguntou.

"Hoje, a qualquer hora."

"Posso mandar um recado. Ele não vai se incomodar de ver o senhor não. Mas é melhor ser na Barreira mesmo, ele não sai de lá", disse Demétrio.

"Então manda o recado. Enquanto isso eu vou fazer o registro das ocorrências."

O dia começava a escurecer. As luzes da delegacia foram acesas. Sozinho na sua sala, Vilela terminou de escrever no Livro de Registro de Ocorrências: a hora que teve conhecimento dos fatos, por intermédio de quem, os fatos em si, sua capitulação no Código Penal, as testemunhas devidamente qualificadas, as providências tomadas.

Depois tirou um livro da gaveta e começou a ler. Era um livro pequeno, que lia com muita atenção, às vezes relendo algumas páginas.

Demétrio entrou na sala.

"O Pernambuco-Come-Gordo está à sua espera."

"Vou lá agora", disse Vilela.

"Vem comigo."

"Eu, doutor?", perguntou Demétrio.

"Você sim."

"Não é melhor então a gente jantar antes? O senhor ainda não jantou e deixar de jantar não é bom não, sabe, mesmo quando a gente é jovem e forte como o senhor."

"Qual o motorista que está de dia hoje?"

"Orlando", disse Demétrio torcendo o nariz.

"Avisa que vai sair com a gente."

Demétrio voltou com Orlando.

"Vamos sair, doutor?", perguntou Orlando.

"Vamos sim."

"É perto, doutor?", perguntou Orlando delicadamente.

"É perto, sim. Você já jantou?"

"Não senhor."

"Então vem jantar com a gente."

Saíram os três e entraram numa camioneta velha. A porta não fechava direito. O motor demorou a pegar.

"Que bom se nós tivéssemos uma camioneta igual àquela que o senhor foi no morro hoje de tarde, não é doutor?", disse Orlando.

"Aquilo é camioneta de especializada. Você pensa que uma delegacia mixa como a nossa vai ter camioneta nova? Estou há trinta anos na polícia, já vi entrar chefe atrás de chefe, prefeito atrás de prefeito, governador, presidente, muda tudo, só a polícia continua na mesma merda", disse Demétrio, procurando, sem conseguir, um jeito confortável de se sentar.

"Tem especializada que tem camioneta igual à nossa", disse Orlando.

Demétrio grunhiu, soprando forte pelo nariz, sem responder.

"Onde é que tem um bom restaurante por aqui?", perguntou Vilela.

"Tem o português perto da praça. Dizem que a comida é boa. Não sei, nunca fui lá, o que eu ganho não dá para frequentar restaurantes, nem mesmo esses mosqueiros de bairro", disse Demétrio.

O jantar transcorreu em silêncio.

Vilela pagou a conta e voltaram para o carro.

"Para onde, doutor?", perguntou Orlando palitando os dentes.

"Para a Barreira."

"Para a Barreira? O que o senhor vai fazer na Barreira a uma hora destas?"

"Tenho uma entrevista com uma pessoa", respondeu Vilela.

"Mas a uma hora destas? Doutor, aquilo lá é perigoso, não é, Demétrio? Doutor, deixa isso para amanhã de manhã."

"Vamos agora. O que você está esperando para ligar o carro?"

Orlando ligou o carro.

"Aquilo é uma zona brava", disse Orlando enquanto o carro se punha em movimento. "O senhor sabe, se a gente deixa o carro sozinho, numa daquelas ruas, os vagabundos são capazes de roubar tudo, calota, até pneu, mesmo de carro da polícia."

Silêncio. "O senhor está armado? Ouvi dizer que o senhor nunca anda armado. Isso é arriscado como o diabo, e agora o senhor vai se meter lá dentro da Barreira..."

"Não estou armado. Mas você está, não está?", disse Vilela.

"Claro, doutor, não sou louco de andar limpo, prum vagabundo que me jurou me pegar à traição?"

"Vagabundo nenhum jurou você", disse Demétrio. "Você nem é polícia, não tem carteira, não podia nem andar armado."

"Eu não sou polícia?", perguntou Orlando.

"Você trabalha na polícia, mas não é da carreira. Você é assim como os datilógrafos e os escriturários lá na Central."

"Doutor, acho melhor o senhor deixar isso para amanhã", disse Orlando, enquanto enxugava o suor das mãos, esfregando-as alternadamente nas calças.

"Vai ser hoje mesmo", disse Vilela.

"Qual a entrada?"

"A principal", disse Demétrio.

Demétrio e Vilela saltaram, pouco depois.

"Quero falar uma coisa particular com o senhor", disse Demétrio.

Afastaram-se um pouco do carro.

"É melhor deixar o Orlando aqui", sussurrou Demétrio. "É um covardão, se acontecer alguma coisa vai sair correndo, por isso não adianta nada ir com a gente. Além do mais não é polícia de fato, e não tem obrigação de se arriscar."

"Você fica na camioneta", gritou Vilela para Orlando.

"Eu posso ir, doutor, se o senhor quer eu posso."

"Não, você fica. Vê lá se eles vão roubar os pneus da camioneta..."

"Não, doutor, pode deixar."

Vilela e Demétrio foram andando.

"Estamos correndo algum risco?", perguntou Vilela.

"Doutor, o senhor é um homem respeitado."

"Mas essa gente me conhece?"

"Conhece, eles sabem de tudo que se passa na delegacia. Mas se for preciso alguma coisa tenho aqui o meu capenga. O problema é que o último tiro que eu dei tem mais ou menos uns vinte anos."

"Vinte anos?"

"Vinte anos. Isso é pro senhor ver a polícia em que se meteu."

"Mas pra que você usa capenga? Deve saber que com esse revólver não acerta um elefante a cinco metros."

"Eu sei, eu sei, mas eu não atiro mesmo, e já que tenho de usar revólver prefiro usar um levinho. Estou velho, doutor, não estou mais em idade de carregar um cano médio, ou longo, na cintura. Dói nos rins."

Vilela e Demétrio continuavam caminhando. Os barracos por onde passavam agora estavam escuros e silenciosos, não se ouvindo o barulho de rádio tocando alto que haviam notado no início da caminhada. Um pesado silêncio descera sobre a favela,

"Todo mundo já sabe da sua chegada", disse Demétrio.

"Da minha chegada?"

"Da sua chegada ou da chegada de alguma coisa ruim. Ficam logo na encolha. Essa gente está cansada de sofrer."

"Como é possível uma coisa dessas?"

"Não sei, mas sei que é possível. O senhor mesmo está vendo."

Chegaram numa clareira, onde havia um barraco todo iluminado. Ouvia-se alto o rádio, transmitindo um programa humorístico. Vozes, risadas.

"Esse aí não recebeu o aviso", disse Vilela.

"É a tendinha do Pernambuco-Come-Gordo", disse Demétrio.

Aproximando-se Vilela viu um balcão, prateleiras com garrafas, mercadorias. De dentro da tendinha um homem enorme saiu ao encontro de Vilela. Andava de leve, como uma mulher ou um gato; era gordo, vestia uma camisa de meia branca, que punha em destaque seus grossos braços escuros e seu peito grande; seu rosto redondo brilhava, mas não de suor.

"Boa noite, doutor."

"Boa noite. Você é o, o... "

"Pernambuco-Come-Gordo, doutor. Como vai, seu Demétrio? Quanto tempo, hein?"

"É mesmo, Pernambuco, já vai ano."

"Estamos ficando velhos", disse Pernambuco-Come-Gordo.

"*Eu* estou ficando velho", disse Demétrio, "perto de mim você ainda é um menino de berço."

Os dois riram.

"O doutor quer saber umas informações suas, Pernambuco", disse Demétrio.

"Pois não, pois não", disse Pernambuco-Come-Gordo, "acho que já sei o que o senhor quer."

"Não quero prejudicá-lo", disse Vilela.

"Não se preocupe, doutor, não vou ser prejudicado não. Sabe por quê? Porque nunca abandono o meu amigo aqui", disse Pernambuco-Come-Gordo, batendo na barriga. Levantou a camisa e mostrou a coronha de uma parabelum, enfiada no cinto. "O senhor perdoe, doutor, sei que isso é ilegal e fere o consagrado no jurídico. Mas como disse o doutor Freitas, tenho licença especial pra ter essa arma, desde que não saia das limitações da jurisdição."

"Se o doutor Vilela quiser, o doutor revoga", disse Demétrio.

"É claro, é claro", disse Pernambuco-Come-Gordo.

"Sua permissão está prorrogada", disse Vilela.

"Obrigada, doutor. Olha, sem esta máquina já tinham me achado há muito tempo. Tem muito nego aí usando quarenta e cinco, mas eles têm que atirar de perto, não têm nem mão, nem braço, nem olho para usar esta arma. Este braço aqui já foi quebrado, doutor — a nossa gente mesmo que quebrou, mas quando eu estico ele, com a máquina na mão, ele nem treme. E quando atiro sou capaz de acertar em qualquer coisa que passar correndo na minha frente, bicho ou homem, acho até que passarinho... mas isso eu nunca tirei a prova, acho uma maldade... Eles sabem disso, esses bandidos aqui da Barreira, e não se metem comigo."

"Isso é a pura verdade", disse Demétrio.

Por momentos fez-se silêncio.

"Eu queria saber se você tem alguma informação sobre quem matou o Claudionor, o Alfredinho e o Severino Marinheiro. Você ouviu falar?"

"Ouvi, doutor. Foi o Bambaia com a turma dele."

"Todos os três crimes?"

"Os três."

"Quem é a turma dele?"

"Uma curriola de maconheiros e assaltantes: Waldir Crioulo, Valdir Beicinho, Zé Orelha-de-Cachorro, Groselha. Usam quarenta e cinco, com exceção do Zé Orelha-de-Cachorro, que usa um trinta e oito. Mas o senhor vê, doutor, três homens quarenta e cinco e tiveram que dar mais de cinquenta tiros para matar o Alfredinho."

"Não foram cinquenta", disse Vilela. "Foram no máximo uns vinte tiros."

"Essa gente exagera muito. Eu já tinha tirado metade. Número eu corto sempre pela metade."

"Faz muito bem."

"Tem também na quadrilha um garoto que carrega as armas. O Bambaia não é burro. Quando não estão assaltando, as armas ficam dentro de uma pasta grande, colégio, que o Berico carrega, pra evitar que uma ronda besta dessas por aí pegue eles com as ferramentas."

"Onde é que eu posso encontrar essa gente?"

"Isso é difícil dizer. Eles zanzam por todos os morros aqui desta zona."

"Ele tem mulher? O Bambaia?"

"Não tem não, doutor. Também a doença não ajuda. A cara dele está muito feia."

"Ele está doente?"

"Andam dizendo que é lepra. Eu nunca vi, mas os que viram disseram que a cara dele está toda empolada e os olhinhos fechados que nem chinês."

"E os outros?"

"O único que é metido com mulheres é o Valdir Beicinho. Dizem até que já teve mina na zona do Mangue."

"Bem, se você souber de qualquer coisa mais me avisa."

"Mando falar pro seu Demétrio. Tá bom, doutor?"

"Está."

Vilela e Demétrio saíram da Barreira e foram para o carro. Seguiram para o Distrito onde Washington os esperava.

"Doutor, os repórteres estiveram procurando o senhor. Estão quicando dentro da roupa. Quiseram botar banca aqui dentro e eu tive que esculachar uns dois para acabarem com o fricote. Só o senhor vendo."

"Mas o que que houve, afinal?"

"Eles reclamaram muito porque não foram avisados. Agora não têm cadáver para botar na primeira página."

"Mas eles são sempre avisados? Quem avisa?"

"Todo mundo avisava. Mas agora é diferente."

"Por que que agora é diferente?"

"Ah! Doutor..."

"Ah doutor o quê?"

"O senhor é asa branca, não entende disso."

"Não interessa se eu entendo ou não. Ou você fala as coisas direito comigo ou então não merece mais a minha confiança a partir deste momento."

"O senhor me põe em cada aperto."

"Anda, fala logo."

"Eles andaram fazendo umas reportagens sobre corrupção na polícia dando o nome do pessoal que levava."

"Os jornalistas cumpriam a sua obrigação. Os funcionários honestos não têm motivo de queixa contra isso", disse Vilela.

"É, doutor, mas o caso é que eles também levavam."

"Os jornalistas?"

"Eles também levam, doutor, os repórteres. A raiva toda é que eles quiseram botar uns cavalos na Costumes, mas não deu pé. Então em vez de encarnar em cima do pessoal da chefia, que também está na boca, resolveram fazer uma ondinha pra assustar. O que querem é entrar de jóquei na Costumes. Quem toma na tarraqueta somos nós, os miúdos. O máximo que saiu no jornal foi nome de detetive."

Vilela foi para sua mesa, sentou-se. Washington continuou onde estava.

"Teve um repórter que pegou o seu livro aí de cima da mesa. Tive que arrancar da mão dele", disse Washington,

"Quer dizer que tem gente, acima de detetive que leva...", disse Vilela.

Washington ficou em silêncio.

"Aqui?"

"O único que não leva é o senhor."

"No cartório?", perguntou Vilela.

"Todo mundo."

"Você?"

"Não sou santo, doutor", respondeu Washington, encarando o delegado.

"Não, você é outra coisa", disse Vilela.

"Eu tenho família para sustentar", disse Washington.

"Foi o que o Marreco me disse", disse Vilela.

"Quem, doutor?", perguntou Washington.

Vilela não respondeu.

"A gente aqui ganha uma miséria, nosso trabalho é de responsabilidade", disse Washington.

"Não vou discutir com você", disse Vilela.

"Doutor, o senhor não precisa ficar chateado. Dinheiro do bicho não é nada de mais. Todo mundo joga no bicho. É a coisa mais honesta que tem no Brasil."

"O Casemiro também está metido nisso?"

"É ele o apanhador, doutor. Todo fim de mês corre os pontos e apanha a parte de cada um."

Vilela ficou sozinho na sua sala. Depois saiu. Foi até ao lugar em que Demétrio estava sentado.

"Vou para o meu quarto. Só me chama se for flagrante, ou caso complicado."

O quarto tinha uma cama, uma cadeira, uma mesinha de cabeceira. Não havia lençol, nem fronha no travesseiro duro. A luz era fraca, amarela. Vilela ficou no escuro. Deitou-se, depois de tirar o paletó e afrouxar o nó da gravata. Sobre o peito colocou um cinzeiro, onde jogava as cinzas que não via do cigarro que fumava lentamente. Ouviu a chegada de uma RP e se preparou para descer. Mas Demétrio não veio chamá-lo. Se quisesse podia dormir.

Levantou-se. Desceu as escadas.

"O que a radiopatrulha queria?"

"Trouxe um bêbado. Botei no xadrez", disse Demétrio.

"Tira", disse Viela.

Demétrio levantou-se e foi até um dos xadrezes e abriu a porta. Havia uns doze homens deitados. Alguns acordaram. "Você aí", disse Demétrio, "vem cá." O homem saiu cambaleando. Demétrio trancou a porta.

"O que eu faço com ele, doutor?"

"Manda embora."

"Doutor, ele não aguenta nem andar."

"Então põe para dormir no depósito. Lá pelo menos o chão é de madeira."

Vilela foi para a porta da rua. Ficou olhando a rua vazia. Quando voltou, Demétrio dormitava. Washington e Casemiro haviam ido embora. Na delegacia só havia dois policiais, um deles dormindo.

O dia já começava a raiar quando Vilela ouviu a camioneta da ronda chegar. Subiu então para a sala do delegado, dizendo antes para Demétrio, que acordara com a chegada da ronda, "não quero ser incomodado".

ORGIA DE SANGUE
VIOLÊNCIA E MORTE EM S. CRISTÓVÃO

Três pessoas foram assassinadas ontem, em plena luz do dia, sem que a polícia tivesse tomado a menor providência para descobrir os autores desses monstruosos crimes.

A cidade está entregue à sanha dos marginais. A polícia nada faz. Os habitantes desta cidade já não podem mais sair à rua sob pena de serem assaltados e perderem os seus bens ou terem a própria vida estupidamente sacrificada. Mata-se a tiros, a facadas, a pauladas nesta cidade abandonada. Há meses que vimos combatendo a ineficiência da polícia, a corrupção dos seus quadros, apelando para as autoridades a fim de que seja dado um basta nisto tudo. Qual o resultado? As autoridades permanecem insensíveis aos nossos apelos e advertências e a polícia em vez de reagir com brio aos justos ataques que de nós tem recebido, melhorando os serviços que presta à infeliz população desta cidade, continua ineficaz e corrupta, inútil e desidiosa e para coroar essa acumulada de fracassos e vícios, procura esconder da imprensa ocorrências como as dos Massacres de São Cristóvão, fatos que o público tem direito de saber e a imprensa a obrigação de informar.

O delegado Vilela tentou de toda a maneira prejudicar o trabalho da imprensa, recusando-se a falar à reportagem e dando instruções aos seus subordinados para dificultar as nossas atividades. E isso fizeram, enquanto escondido em algum lugar, o delegado Vilela tranquilamente lia um livro de versos. Vilela veio da Escola de Polícia. Sempre apoiamos a Escola de Polícia. É pena que homens como o delegado Vilela contribuam para desmoralizar uma entidade que sempre mereceu o nosso respeito, talvez infundadamente, somos obrigados a constatar com tristeza. O delegado Vilela gosta de ler. Devia estar lendo versos na hora em que ocorreram aquelas revoltantes e vergonhosas chacinas. Quando chegamos, para entrevistá-lo, somente encontramos, sobre a sua mesa, um livro que a subserviência do detetive Washington Luiz Gomes não conseguiu esconder de nós. Chamava-se Claro enigma. *É esse o enigma da polícia — um enigma claro, fácil de resolver, com uma limpeza dos seus quadros, uma razia nos seus núcleos de corrupção, uma reorganização dos seus serviços. Só assim a cidade poderá ter a polícia que precisa e que merece. (Outras notícias sobre o assunto na pág. 4.)*

"O repórter que esteve aqui, o Honório, disse que não foi ele que escreveu isso. Disse que foi o secretário do jornal. Acabou de me telefonar para dizer isso", disse Washington.

Vilela dobrou o jornal e colocou em cima da mesa.

"O que importa quem foi?", disse Vilela. O peito de Washington chiava. "Por que você não vai dormir um pouco? Você está com um aspecto horrível. Marquei para hoje à tarde uma reunião com uma turma da Vigilância que vai nos ajudar nesse caso do Bambaia", disse Vilela.

"A que horas o senhor quer que eu esteja aqui?"

"Quatro horas."

Washington saiu.

Vilela chamou Demétrio.

"Quero a relação dos detidos. Averiguações, flagrantes. Todos."

Demétrio trouxe a relação. Escrita em papel almaço, a tinta:

Nome, dia e data da entrada, motivo da prisão, à disposição de, observações.

"Tem gente demais para averiguações", disse Vilela.

"Eles lá embaixo demoram a mandar o Boletim", disse Demétrio.

"Estas duas mulheres: já estão aqui há quatro dias."

"A Roubos e Furtos foi que trouxe."

"Eu sei. Manda alguém da Roubos e Furtos falar comigo."

"Não tem ninguém aqui, agora."

Às catorze horas Vilela recebeu um telefonema da Central dizendo que os homens da Vigilância só poderiam vir à noite.

Washington, Pedro, Melinho e Deodato saíram em diligência à noitinha. Voltaram logo após Vilela ter chegado do jantar. Traziam um mulato franzino, algemado.

"Esse é o Jaiminho, doutor", disse Washington.

"Quem é ele?", perguntou Vilela.

"O moleque sabe onde o Bambaia se esconde", disse Washington.

"Sabe mas não quer dizer", disse Melinho, enquanto tirava o paletó. Usava o revólver num coldre americano de couro branco, debaixo do braço esquerdo, a coronha quase encostada no sovaco.

"Não sei nada não, doutor", disse Jaiminho. Vilela notou que os dentes da frente eram quase todos cariados.

"Tira as algemas", disse Vilela.

Deodato tirou as algemas.

"Se você sabe onde o Bambaia se esconde é melhor dizer", disse Vilela.

"Não sei não, doutor, juro que não sei." Jaiminho só fechava a boca para chupar repetidamente o lábio inferior grosso e caído.

"Está se fazendo de bobo", disse Deodato. "Põe no xadrez", disse Vilela.

Deodato olhou para Washington rapidamente.

Washington segurou o braço de Jaiminho. "Vamos embora."

Na porta Washington disse baixo para Deodato: "O doutor está cansado".

Vilela ficou sozinho na sala.

Entrou na sala o guarda Aderaldo, que cumprimentou Vilela.

"Há quanto tempo você está na polícia?", perguntou Vilela.

"Vou fazer trinta, agora em fevereiro."

"É um bocado de tempo."

"Já estou merecendo uma aposentadoria."

Vilela saiu da sala. Pelo corredor de paredes brancas sujas seguiu na direção das salas dos fundos, onde estavam localizadas as seções de Roubos e Furtos e de Vigilância. A sala de Roubos e Furtos estava vazia, mas a da Vigilância tinha gente: Washington e os outros. Washington estava sentado na mesa, segurando uma palmatória. Pálido, seu peito chiava. Sobre a mesa estava uma lata de banha vazia, com água. Ao lado Jaiminho, boca aberta, beiço frouxo. Seu corpo curvado, sua cabeça caída estavam numa expectativa de cachorro que acabou de ser espancado.

"Eu mandei recolhê-lo", disse Vilela.

Ninguém respondeu.

"Deixa eu ver sua mão", disse Vilela.

Jaiminho estendeu as mãos inchadas para Vilela.

Vilela para Deodato: "Leva ele para o Aderaldo e diz que mandei recolher".

"Doutor, não sei nada, não sei por que estão fazendo isso comigo", disse Jaiminho.

"Leva ele", disse Vilela.

Vilela esperou que Jaiminho saísse. "Não quero isso aqui não, Washington. É o último aviso que dou."

"Mas é o único jeito, doutor."

"Já discutimos isso antes, Washington. Estou te avisando: se eu pegar você ou alguém fazendo isso outra vez mando a vítima a exame de corpo delito e abro inquérito. Estamos entendidos?"

Washington não respondeu.

"E essa lata de água?"

"É para molhar a mão. Molhada, a mão arde mais e incha", disse Washington.

Vilela e Washington se olharam. Washington baixou os olhos.

"Não gosto de ver os outros serem espancados", disse Vilela, quebrando o silêncio da sala.

"Isso é feito no mundo inteiro, doutor...", disse Melinho.

"Não é verdade", disse Vilela.

"Eu também já pensei muito nisso", disse Pedro. "Nós não temos os recursos de outras polícias. O jeito é meter medo. O dia em que eles não tiverem mais medo da gente está tudo perdido."

"A polícia está ficando mole", disse Washington, "e o resultado é este que o senhor está vendo: o número de assaltos e furtos aumenta dia a dia. Eu fiz o curso de detetive da Escola. Lá não tem um *stand* de tiro, mas em compensação ensinam psicologia e direito constitucional. He, he."

"Antigamente cortava-se a mão do ladrão para impedir que furtasse de novo. Você acha que isto estava certo?", perguntou Vilela.

"Até que era bom", respondeu Washington. "Garanto que diminuiria o número de furtos."

"Ia ter um bocado de maneta por aqui", disse Melinho.

"Mas essa prática não acabou com os ladrões", disse Vilela.

"Vai ver foi porque pararam de cortar as mãos deles", disse Washington.

"Pararam porque era inútil", insistiu Vilela.

"Não adianta, doutor, o senhor não vai me convencer que a gente deve tratar esses vagabundos com bondade", disse Washington.

"Não quero que sejam tratados com bondade. Quero é que sejam tratados sem ódio, entendeu?", disse Vilela.

"Mas eu não tenho ódio, doutor. Quando aperto é para confessarem os assaltos que fizeram, os furtos. É só para isso, para confessarem. Depois do caso resolvido deixo eles para lá. Dou cigarro, dou comida, deixo sair do xadrez para tomar banho de vez em quando. Uma vez até joguei no bicho para um que sonhou com a mãe morta e me pediu — chegou a ajoelhar dentro do xadrez — para jogar no milhar da sepultura. Joguei duzentos cruzeiros, dinheiro meu, pois ele não tinha nenhum. Se desse eu entregava a grana toda para ele."

"Eu me lembro desse caso, foi em Madureira", disse Melinho.

"E teve outro cara — isso foi na praça da Bandeira — um lanceiro de dedos compridos e pele fina — aquilo é que era pele fina, parecia mão de moça que nunca enfrentou uma cozinha — me chamou no xadrez e disse: 'Seu Washington, peguei um esquentamento de amargar, está ardendo pra burro'. Eu disse pra ele: 'Como? Aqui dentro?', mas estava gozando o cara, pois ele estava em cana há dois dias e esquentamento só aparece depois de três.

'O senhor está brincando comigo? Foi antes do senhor me prender e veja só, nunca pensei que fosse entrar nessa fria, a moça era de família!' Eu disse: 'Deixa eu ver, tira o negócio pra fora', espremeu, espremeu e não saiu nada. 'Como é?', perguntei, chateado. Ele ficou nervoso, chegou até a gaguejar. Disse pra mim: 'Puxa, seu Washington, agora que eu me lembro, acabei de urinar, é por isso que não sai nada!'. Eu disse: 'Está certo, daqui a duas horas volto e se você estiver mentindo vai ver uma coisa'. Mas antes de duas horas mandou me chamar e pela cara satisfeita dele vi que tudo tinha dado certo. Nem precisou espremer, o pus estava quase pingando. E o senhor sabe o que eu fiz? Mandei comprar penicilina, que eu mesmo apliquei, várias vezes, de acordo com a bula. No fim de alguns dias ele ficou bonzinho da silva. Se tivesse ódio eu fazia uma coisa dessas, me transformava em enfermeira pra tratar da saúde dele? Ódio... Quando prendi essa pinta estourei de julieta a mão dele, mas não foi de raiva, foi para ele dar o serviço. E o senhor sabe de uma coisa? Ele havia pungueado em tudo quanto era subúrbio, mas assim mesmo foi absolvido. Mas foi bom, porque se regenerou, virou vendedor pracista, o que aliás não me espantou. Tinha uma conversa danada de boa. Não sei por que se meteu na punga, tinha mais jeito de salivante."

"O dia em que você for expulso da polícia você também pode ir ser vendedor na praça", disse Melinho.

Todos riram, inclusive Washington. "O senhor vê, doutor, não sou mau. Mas também não sou mole. Acho que polícia nesta cidade não pode ser mole. Com mais de trezentos mil favelados espalhados pelos morros a gente não pode brincar de polícia inglesa."

"Existe um milhão de favelados", disse Vilela.

"E o número aumenta cada dia que passa, não é?", disse Washington.

"Um milhão!", disse Pedro no fundo da sala. "É gente pra burro."

"Não sei como essa gente aguenta. Eu não me incomodava de não ter água corrente pra tomar banho, lavar a cara. Mas não ter latrina! Isso é fogo!", disse Washington.

"Para onde vai essa merda toda?", perguntou Pedro.

"Eu não tinha pensado nisso", disse Vilela. "Devem existir fossas."

"Na próxima batida vamos procurar essa tal de fossa. Acho que vai ser mais difícil de achar do que o Bambaia", disse Melinho.

"Quando chove desce tudo pelas valas, misturada com urina, restos de comida, porcaria dos animais, lama e vem parar no asfalto. Uma parte entra pelos ralos, outra vira poeira fininha que vai parar no para-lama dos automóveis e nos apartamentos grã-finos das madames, que não fazem a menor ideia que estão tirando merda em pó de cima dos móveis. Iam todas ter um chilique se soubessem disso", disse Washington.

"Vocês estão cansados?", perguntou Vilela.

"Não estamos não, doutor. Por quê?"

"Eu estava pensando em dar outra batida ainda hoje, no Tuiuti. Deve chegar às onze horas uma turma da Vigilância que consegui pra hoje e eu não queria perder a oportunidade."

"Quantos homens, doutor?", perguntou Melinho.

"No mínimo uns seis", respondeu Vilela.

Pouco depois da meia-noite chegou o reforço da Vigilância. Trouxeram com dois carros de transporte de presos.

Saíram do Distrito em duas camionetas. Eram doze, não contando os quatro motoristas.

Pararam embaixo, próximo à subida principal do morro. Saltaram das camionetas e reuniram-se em torno de Vilela. Alguns homens portavam metralhadoras.

"Quantas saídas tem o morro?", perguntou Vilela.

"Três", disse Pedro. "Tem uma pirambeira também, que fica logo depois do grotão lá de cima, mas por ali ninguém pode sair, é muito alta e lisa", disse Pedro.

"Ficam dois homens em cada saída. Um deles de metralhadora. Não quero que ninguém suba de metralhadora. Acaba um de nós sendo atingido. Pedro, distribui o pessoal pelas saídas. Quem atira de metralhadora?"

Cinco mãos foram levantadas. Três dos homens que levantaram as mãos já portavam metralhadoras.

"Vocês três ficam embaixo. Um em cada saída. Aqui ficam as duas camionetas e vai um carro de transporte para cada uma das outras saídas. Ninguém pode sair do morro. Quem descer é preso, colocado nos carros. Trabalhador a esta hora está dormindo. Estamos entendidos?"

Lanternas de mão eram acesas e apagadas pelos homens, que se mexiam.

Os dois carros de transporte partiram.

"Ninguém atira sem avisar: para, é a polícia. E quem ouvir essa ordem se identifica logo. É só dizer o próprio nome. Para evitar um acidente. Eu direi, Vilela. Você?" Vilela foi iluminando o rosto de um por um com a lanterna.

"Washington."

"Melinho."

"Pedro."

"Salim."

"Deodato."

Todos, com exceção de Vilela, carregavam nas mãos um revólver e uma lanterna. Vilela só tinha uma lanterna. Alguns tinham um cassetete de borracha enfiado no cinto da calça, sobre a barriga.

Chegaram a uma encruzilhada.

"Três vão por aqui", sussurrou Vilela. "Melinho, Salim e Deodato. Melinho chefia. Eu, Washington e Pedro vamos por este lado. Eles ficam numa tendinha lá no alto, Melinho sabe onde fica, não sabe?"

"Sei."

"Devem estar fumando maconha e bebendo cachaça. Não sei se vamos encontrar a turma do Bambaia, mas quem estiver lá vai querer resistir à prisão, por isso é preciso cuidado. Eu, Washington e Pedro vamos chegar primeiro. Você, Melinho, não faz nada até nós não chegarmos. Aí você surge colocando-se lateralmente, de maneira que se houver tiroteio não fiquemos uns em frente dos outros."

Os dois grupos se separaram.

"O senhor não precisava ter vindo", disse Washington.

Vilela não respondeu.

Pedro tomou a frente. Seguiam em fila indiana, muito próximos uns dos outros. A noite estava escura e mal se via o caminho de terra batida. Pisavam-se. Ninguém falava.

Chegaram ao local da tendinha. Uma lâmpada pequena, dependurada no teto por um fio comprido, iluminava fracamente o ambiente. Quatro homens bebiam e conversavam, de pé, encostados num balcão. Do lado de dentro um homem servia-os.

"Conhece algum deles?", disse Vilela, com os lábios encostados no ouvido de Washington.

"Acho que não. Não sei, de longe esses crioulos têm todos a mesma cara."

Na tendinha um dos homens levantou a mão como se fosse espancar outro. Este enfiou a mão na barriga do primeiro, num gesto rápido. Ouviu-se uma gargalhada.

"Estão se divertindo", disse Pedro.

"É a polícia, fiquem quietos", gritou Vilela. Os homens se viraram assustados. Nesse instante a luz da tendinha foi apagada. Vilela colocou o facho da lanterna em cima de um dos homens. Alguém atirou na direção da lanterna. Vilela apagou a lanterna. Ao seu lado estrondaram os revólveres de Pedro e Washington. Da tendinha atiravam repetidamente.

"Eles estão correndo", disse Pedro.

"Foram na direção da pirambeira", disse Washington, "lá eles estão encurralados." Seu peito chiava. No escuro, parecia um fantasma.

"Vamos", disse Vilela. "Onde está Melinho?"

Pedro meteu dois dedos na boca e soltou um silvo alto. "Vamos", repetiu Vilela. "Mostra o caminho, Pedro. O Melinho daqui a pouco aparece."

Pedro começou a correr. Vilela e Washington seguiram-no com dificuldade. Sem parar de correr Washington tirou o pente vazio da sua arma colocando em seu lugar, num golpe seco, um pente cheio. "Essa é a única vantagem da automática", disse.

Chegaram na pirambeira.

"Eles desceram", disse Pedro.

Correram até à beira. Apesar do escuro podia-se ver dois homens descendo, com o corpo grudado na pedra, como se fossem lagartas, progredindo lentamente. De cima, os policiais contemplavam admirados a descida dos dois homens. Ambos estavam descalços. O equilíbrio era mantido por um perfeito deslocamento de forças pelos músculos do corpo. Desapareceram.

"Acha que todos desceram por aí?", perguntou Vilela.

"Nunca pensei...", disse Pedro.

"Esses caras deviam estar no circo. Iam ganhar uma fortuna", disse Washington.

"... uma pirambeira dessas...", continuou Pedro.

Um estampido.

"Foi lá pros lados da tendinha", disse Washington.

Com Vilela à frente voltaram apressadamente pelo mesmo caminho que haviam percorrido. Em pé, sendo iluminado pela luz fraca da tendinha, viram Salim, com o revólver na mão.

"Foi você quem atirou?", perguntou Vilela.

"Fui. Acertaram o Melinho", disse Salim.

Dentro do barraco, Deodato estava sentado no chão. Deitado com a cabeça na coxa direita de Deodato, estava Melinho. Mais adiante, caído, o corpo de um homem. "É o dono da tendinha, está de olho aberto, mas já capotou", disse Salim.

Vilela ajoelhou-se perto de Melinho.

Melinho virou o rosto e olhou Vilela. Respirando devagar, de leve, cuidadosamente.

"Está doendo, Melinho?", perguntou Vilela.

"Não... Eu estou é com medo de respirar fundo."

"Isso não vai ser nada. Você vai passar uns tempos de papo pro ar no Filinto Muller."

"Foi um tiro só? Não tenho coragem de olhar."

Vilela abriu a camisa de Melinho.

"Foi um só", disse Vilela.

"Quarenta e cinco?", perguntou Melinho.

"O quê?", perguntou Vilela.

"É de quarenta e cinco?", perguntou Melinho, levantando a voz.

"Não. Deve ser trinta e dois, o orifício é muito pequeno, parece mais um arranhão", disse Vilela.

"Não é que um desses sacanas estava com revolvinho de brinquedo, ha, ha, ha! Depois dizem que essa gangue só carrega artilharia pesada...", disse Washington.

"Você vai descer o morro de cadeirinha", disse Vilela.

"Não era melhor alguém buscar uma maca?", perguntou Deodato.

"Não há tempo a perder. Não foi nada, mas não há tempo a perder. Olha, Salim, lembra como era cadeirinha no tempo de garoto? Isso, agora agarra o meu braço esquerdo. Você e Pedro fazem o mesmo, Washington; mas fica aqui perto de mim. Você aguenta levantar o Melinho sozinho, Deodato?"

"Aguento."

"Ele é halterofilista, doutor. Nosso Senhor Jesus Cristo não dá de saída um corpo desses pra ninguém", disse Pedro.

"Cuidado. Muito cuidado", disse Vilela.

Deodato tirou a cabeça de Melinho de sua coxa e pousou-a de leve no chão. Colocou a mão direita sob as pernas de Melinho e a esquerda sob as costas. Em seguida, apoiando o próprio joelho direito no chão, levantou lentamente o corpo de Melinho, colocando-o cuidadosamente na cama de braços que fora preparada.

Vagarosamente começaram a descer o morro. Na frente Deodato iluminava o caminho e segurava a cabeça de Melinho.

"Onde é que vocês estavam?", perguntou Washington.

"Atrás da tendinha, queríamos pegar eles de surpresa. De repente o tiroteio começou", disse Salim.

"Atrás, puta merda!, atrás", exclamou Washington.

"Quer dizer, quer dizer...", começou Pedro.

"Cala a boca", disse Vilela.

Melinho gemeu. Começou a respirar com dificuldade. Vilela sentiu o sangue morno de Melinho em suas mãos e braços. "Mais depressa um pouco", disse.

O barulho rouco que saía da garganta de Melinho parou. Ouvia-se o chiado do peito de Washington.

Chegaram embaixo.

"Melinho foi atingido. Tem um cara morto lá em cima, na tendinha", disse Vilela para os homens que vieram ao seu encontro. "Nós vamos para o Souza Aguiar."

Puseram Melinho no banco traseiro da camioneta. Pedro ajoelhou-se no chão do carro, segurando Melinho. Na frente entraram Vilela e Deodato. Washington colocou-se ao lado do chofer dizendo: "Pé na tábua".

"Ele está desmaiado?", perguntou Vilela.

"Está", disse Pedro. "Foi um de nós que atirou nele, não foi? Eu, ou o Washington, não foi? O tiro é de quarenta e cinco, o buraco só pode ser de quarenta e cinco."

"O senhor achou que Melinho podia morrer e não queria que ele soubesse, não é, doutor? Agora estou entendendo o esporro que o senhor deu com a gente lá em cima", disse Washington.

"Por que vocês não seguiram as instruções?", perguntou Vilela.

"Foi o Melinho. Ele disse, vamos pegar os homens antes do doutor chegar. Logo que chegamos atrás da tendinha, e nos preparávamos para agir, o tiroteio começou."

"Vocês chegaram a atirar?", perguntou Vilela.

"Não. Procuramos ver a situação como estava, mas aí o tiroteio já havia acabado. Vi então o Melinho caído e levei ele para dentro da tendinha. Quando acendi a luz aquele cara já estava morto lá dentro."

"Fui eu que atirei no Melinho", disse Pedro. "Fui eu, fui eu..."

"Calma, Pedro, pode ter sido qualquer um", disse Vilela.

"Ou eu ou o Washington. O senhor não deu tiro nenhum. Ou eu ou o Washington, mas sinto que fui eu", disse Pedro.

"Pode ter sido um daqueles vagabundos. A gente não sabe o que lhe aconteceu na hora do tiroteio. Eles podem ter visto o Melinho... como é que a gente vai saber...", disse Washington.

"É sim, isso pode ter acontecido", disse Vilela.

A camioneta chegou ao hospital. Melinho foi colocado em uma mesa de rodas. Enquanto seu corpo era empurrado pelo longo corredor, um enfermeiro lhe aplicava uma transfusão de sangue. "Para a sala de operações imediatamente", disse um médico. Melinho parecia estar dormindo. Seu nariz estava mais fino e seu rosto e suas mãos haviam adquirido uma tonalidade cáqui.

"Podemos assistir?", perguntou Vilela, na porta da sala de operações.

"É melhor os senhores aguardarem aqui fora", disse o médico.

"Ele tem alguma chance?", perguntou Vilela.

"Ter tem, mas o ferimento é grave e ele perdeu muito sangue", respondeu o médico, entrando na sala.

De pé, no corredor, os policiais esperavam.

"Melinho tem filhos?", perguntou Vilela.

"Tem filhos? Tem oito", disse Washington.

"Oito!", disse Vilela.

"É sempre assim. Não conheço um caso de tira morto ou aleijado em serviço que não fosse cheio de filhos."

"Eu tenho seis", disse Washington.

"O senhor é solteiro, não é?", perguntou Pedro.

"Sou", disse Vilela. "Mas quando me casar pretendo ter muitos filhos."

"É porque o senhor não é proleta igual a nós. Proleta é que tem muitos filhos", disse Washington.

A porta da sala de operações se abriu. O médico tirou a máscara e disse:

"Infelizmente não pudemos fazer nada. Hemorragia aguda. Sinto muito."

"Está morto?", perguntou Deodato.

O médico fez um gesto afirmativo com a cabeça.

Os policiais ficaram em silêncio. O médico afastou-se.

Vilela caminhou até a porta que havia para a rua. Washington seguiu-o.

"Que rua feia esta...", disse Vilela.

"Alguém tem de avisar à mulher dele. Ela deve estar em casa dormindo", disse Washington.

"Vou dizer ao investigador de plantão para tratar da remoção do corpo do Melinho para o Médico Legal", disse Washington.

"Você avisa à mulher dele?", perguntou Vilela.

"Eu não, doutor. Por favor."

"Vocês eram amigos..."

"Doutor, eu não tenho jeito para isso, é preciso alguém para acalmar a mulher, como é que eu vou acalmar a mulher? Dizendo para ela, olha, está tudo OK, agora, além de coser para fora, você vai ter que lavar também, é isso?"

"A mulher dele cose pra fora?"

"Sei lá, a minha cose."

"Então você não quer ir?"

"Me desculpe, mas não estou com coração nem com cabeça pra isso."

"E eu indo? Você vai comigo?"

Washington fez uma careta.

"Alguém tem que ir", continuou Vilela.

"O senhor quer ir agora?"

"Não, vamos de manhã. Agora vamos falar com o investigador de plantão para tratar da remoção do corpo de Melinho."

"Eu vou chamar", disse Washington. Pouco depois voltou acompanhado do investigador e mais Deodato e Pedro.

"Você trata da remoção do corpo. Não quero que a imprensa saiba de nada, nada mesmo", disse Vilela.

"Pode deixar", disse o investigador.

"Não quero que a mulher tome conhecimento da morte do marido pelo rádio."

"Não tem perigo. Vou dizer ao pessoal do Médico Legal para ficar na moita também", disse o investigador.

"Obrigado", disse Vilela, saindo.

Foram para a camioneta.

"Aí não, que está sujo", disse o motorista para Pedro que fazia menção em sentar-se no último banco.

Quando chegaram ao Distrito, Washington perguntou a Vilela: "O senhor vai para casa?".

"Estou pensando nisso", disse Vilela. "Só pra tomar banho, fazer a barba."

Washington e Deodato trocaram um olhar.

Entraram no Distrito.

"Tudo calmo?", perguntou Vilela ao guarda que estava de serviço.

"Tudo calmo."

"Eu vou ficar", disse Vilela.

"Mas o senhor precisa descansar um pouco."

"Deixa que eu cuido de mim", disse Vilela.

"Eu só queria ajudar, o senhor não precisa falar assim comigo", disse Washington.

"O que é que você está tramando? Você não gosta que os outros façam você de besta, gosta? Pois eu também não", disse Vilela.

Washington suspirou. "Eu só estou querendo interrogar aquele vagabundo lá dentro."

"O Jaiminho?"

"É sim senhor. Doutor, ele sabe onde está o Bambaia, se a gente não apertar ele não diz nada."

"Você só sabe trabalhar com a palmatória. É essa a maneira que você tem de descobrir a verdade…"

"Se não doer eles não falam."

"E se o sujeito for um masoquista?"

"Masoquista como?"

"Se gostar de apanhar? Não será inútil espancá-lo?"

"Ah, sei… Mas aí eu não estarei fazendo nenhuma maldade."

"Estará fazendo com você mesmo, entendeu?"

"O senhor é muito profundo pra mim. Eu não leio os livros que o senhor lê não."

"Você não sente pelo menos vergonha, quando espanca um infeliz desses?"

"Uma vez teve um cara que matou uma família inteira — marido, mulher e três filhos pequenos, pra roubar uns objetos de pouco valor. Eu disse pra ele: 'Nós sabemos que foi você, diz onde escondeu os objetos', mas ele nem sequer respondia, ficava olhando para o chão sem dizer uma palavra. Levou uma surra de criar bicho. Sabe o que aconteceu? Ele estava caído pelas tabelas, com um ar desgraçado e miserável, antes. Depois que apanhou como um boi ladrão levantou a cabeça, refeito, e contou tudo com voz firme. Eu disse: 'Se você tivesse dado logo o serviço não precisava apanhar tanto'. Ele respondeu: 'Não faz mal', e o senhor sabe de uma coisa? Eu acho que aquela surra fez bem a ele. Bem mesmo."

"É possível. O psicólogo da Escola não te explicou por quê?"

"Eu esqueci. Sei que isso já aconteceu muitas vezes."

"Mas é preciso que ele seja culpado etc. etc."

"Sempre somos culpados de alguma coisa. Às vezes não sabemos de quê."

"Se a pessoa não sabe, ela não é culpada."

"Jaiminho é culpado, e sabe que é culpado."

"Culpado de quê?"

"Culpado de esconder o Bambaia."

"Não adianta, Washington. Eu entendo que você quer cumprir o seu dever da melhor maneira. Mas você está errado."

"Eu também quero entender sua maneira, doutor Vilela. Palavra de honra. Não pense que essas coisas que o senhor me tem dito nesses últimos meses entram por um ouvido e saem por outro. Eu vou para casa e fico pensando. Mas essa história de interrogar na base da psicologia não me convence. O Jaiminho, por exemplo. Não vejo condição dele contar o que sabe a não ser, a não ser —".

Ficaram em silêncio. Vilela olhou Washington, as paredes, o chão. Depois: "Que horas são?".

"Três e quarenta e cinco."

"Então ainda dá tempo. Olha, preste atenção no que eu vou dizer. Será como se fosse uma peça de teatro. Você já trabalhou no teatro?"

"Eu, doutor?!"

"No tempo de colégio, coisa assim."

"Nunca, doutor."

"Será o teu primeiro papel. Chama o Deodato."

Durante quinze minutos Deodato e Washington ouviram Vilela.

"O senhor acha que isso vai dar certo?", perguntou Deodato.

"Eu acho", disse Vilela. "Mas nós não temos nada a perder. De qualquer maneira temos que fazer hora para ir à casa da mulher do Melinho, pela manhã."

Jaiminho dormia no xadrez. "Acorda", disse Washington empurrando-o com o pé. Jaiminho acordou imediatamente. Levantou-se. "Você não tem uma camisa?", perguntou Vilela. Jaiminho abaixou-se e apanhou a camisa dobrada, que servia de travesseiro. "Veste", disse Vilela. "Já é de manhã?", perguntou Jaiminho. "Você vai dar uma volta com a gente", disse Deodato.

Os quatro entraram na camioneta. Deodato dirigia. Quando o carro entrou na avenida Brasil, Deodato disse: "Isso é capaz de dar bolo, doutor".

"Dá bolo coisa nenhuma", disse Washington.

"Você trouxe a lona?", perguntou Vilela.

"O senhor me desculpe, mas eu não sei para que a lona. Só vai servir para atrapalhar o trabalho dos urubus."

"Eu quero que os urubus demorem a aparecer, entendeu?"

"Mas o lugar vive cheio de urubus. Eles moram lá, os urubus e os xepeiros", disse Washington.

"Como é? Você não vai dizer onde o Bambaia se esconde?", perguntou Vilela.

"Eu não sei, doutor. Juro por Deus", disse Jaiminho.

"Nunca vi ninguém jurar tanto na minha vida. Sujeitinho falso", disse Washington.

"Doutor", disse Deodato, "isso vai dar bolo."

"Estou te estranhando, Deodato. Que que há contigo?", disse Washington.

"É capaz dele não saber nada", disse Deodato. "A gente acaba liquidando o cara à toa."

"Você está querendo gastar muita vela com defunto barato", disse Washington.

"Não há risco nenhum", disse Vilela. "Se houver qualquer coisa eu quebro o galho."

Pouco tempo depois Deodato parou o carro. "Aqui está bom, doutor?"

"Está."

Saltaram.

Deodato botou um lenço no nariz. "Que fedor!"

"Vamos lá para o meio", disse Vilela.

Foram andando por entre o lixo. "Xô", exclamou Washington. "O senhor viu?, o filho da mãe nem voou." Com a lanterna iluminou um urubu que saltava, sem pressa, com as asas meio abertas.

"Que luz é aquela?", perguntou Vilela.

"Deve ser algum xepeiro. Tem um monte de xepeiros que vive aqui no meio do lixo. Eles fazem seu barraco e vivem do que apanham no lixo. O lixeiro antes tira tudo, pra vender, mas sempre sobra alguma coisa pro xepeiro", disse Washington.

"Não sei como aguentam o cheiro", disse Deodato.

"Eles se acostumam. Meu pai sempre dizia que o hábito é uma segunda natureza", disse Washington.

"Eu sinto o meu rosto cortando o fedor, como se fosse faca cortando queijo", disse Deodato.

"Vamos parar aqui. Tira a roupa", disse Vilela.

"Eu não fiz nada", disse Jaiminho.

Vilela iluminou o rosto cinzento de Jaiminho com a lanterna.

"Tira a roupa."

Jaiminho tirou a camisa e o calção. "O que vocês vão fazer comigo?", perguntou.

"Não se preocupe, daqui a pouco nós vamos embora e deixamos você sozinho no meio dos urubus; só que tem que você não vai poder sentir o perfume gostoso que está sentindo agora", respondeu Washington.

"Vou te dar a última chance", disse Vilela. "Onde é que o Bambaia e a turma se esconde — Beicinho, Groselha, a corja toda. Onde?"

"Não sei, doutor, juro que não. Quero ver minha mãe morta!"

"Não adianta, doutor", disse Washington.

"Você quer ir embora, vai agora, que eu vou matar esse cachorro", gritou Vilela para Deodato.

"Se o senhor diz que não vai dar galho eu fico", disse Deodato, dentro do papel, mas surpreendido com o grito de Vilela.

"Ajoelha", gritou Vilela, tirando do cinto uma automática negra.

Jaiminho ajoelhou-se. "Eu não sei de nada", soluçou. Seu corpo nu tremia.

Vilela encostou o cano da arma no peito de Jaiminho, que começou a bater os dentes.

"Na cabeça, doutor", disse Washington.

Vilela levantou a arma encostando-a na têmpora de Jaiminho, que acompanhou com os olhos arregalados o movimento da pistola. A lanterna acesa refletia em seus olhos.

Apesar da arma estar encostada na cabeça de Jaiminho, a mão de Vilela tremia.

"Vou matar esse cara!", gritou Vilela.

Washington deu um golpe na arma segura por Vilela, no instante da detonação. "Eu conto, eu conto!", exclamou Jaiminho. Ouviu-se as asas dos urubus assustados levantando voo, no curto silêncio que se fez.

Vilela começou a andar lentamente. Washington seguiu-o.

"Eu ia mesmo matar ele", disse Vilela.

"Eu senti isso. Só tive tempo de dar um safanão na arma."

"Me deu vontade de atirar na cabeça dele..."

Ouvia-se a voz de Jaiminho, falando apressadamente. "Deu certo, doutor, acabou tudo dando certo", disse Washington.

Vilela balançou a cabeça. Washington segurou-o pelo braço. Caminharam ambos na direção de Deodato. "Sabe onde é o esconderijo deles?", perguntou Deodato.

"Não", disse Washington.

"Na cara da gente. Num barranco que fica atrás do posto da Fundação Leão XIII. Vamos lá agora?"

"Não, agora não. Depois...", disse Washington.

"Mas eles podem..."

"Depois, depois...", disse Washington. "Agora nós vamos voltar para o Distrito."

Uma luz cinzenta começava a clarear o ambiente. Os monturos de lixo adquiriam nitidez. Via-se uma cabana baixa, quase escondida por uma alta pilha de lixo. Havia dezenas de urubus.

"Veste a roupa", disse Deodato para Jaiminho. Entraram na camioneta.

"Deu tudo certo, doutor, não deu?", disse Washington. Vilela não respondeu. A viagem foi feita em silêncio.

Quando chegaram ao Distrito, Washington disse: "Não é melhor o senhor ir para casa? Pode deixar, que eu vou visitar a mulher do Melinho".

"Eu vou também."

Às oito e quarenta e cinco chegaram à casa da viúva de Melinho.

Washington tocou a campainha.

Uma mulher abriu a porta.

"Bom dia, Marlene, este é o doutor Vilela, comissário do Distrito."

A mulher mandou que entrassem. Tentou esconder a aflição que sentia com a presença do comissário. O que viria ele fazer em sua casa? Marlene estava enxugando pratos quando os policiais chegaram e ainda segurava um retalho úmido de pano nas mãos.

Um menino de seis anos apareceu na sala e ficou olhando os dois homens.

"Você quer deixar a gente conversar um pouco com a sua mãe, meu filho?"

"Aconteceu alguma coisa com o José?", perguntou ela abraçando o menino.

"Houve um acidente e ele, e ele foi ferido."

"Posso ir vê-lo? Vai chamar dona Rosa para ficar aqui com você, mamãe tem que sair. Anda, vai correndo."

O menino saiu.

"Foi um ferimento grave", disse Vilela.

Os policiais ficaram em silêncio, como se a chegada de dona Rosa viesse tornar sua missão mais fácil. Quando a mulher chegou, Marlene pediu-lhe para ficar com o filho pois ia visitar o marido no hospital.

"Os ferimentos foram muito graves...", disse Vilela.

"Marlene... ele...", disse Washington.

"Ele pode morrer?"

"Calma, Marlene", disse dona Rosa. "Ela não está bem não, moço, anda doente dos nervos, não pode se aborrecer."

Marlene abriu a porta da rua. "Eu vou lá agora, o senhor me leva aonde ele está?"

"Minha senhora, é melhor eu lhe dizer a verdade. O seu marido não resistiu aos ferimentos e..."

"O que foi? O que foi?"

"Sinto muito. Ele está morto."

"O José morreu, dona Rosa", balbuciou Marlene.

"A polícia tratará de tudo. Assim que terminar a autópsia um carro virá buscá-la. Existem algumas formalidades... Sinto muito."

Enquanto Marlene se abraçava soluçando com dona Rosa, os tiras se retiraram.

Dentro do carro, ficaram calados algum tempo, antes de dar a partida.

"Flores artificiais sujas dentro de uma jarra de falso cristal.

Móveis velhos estragados. Nem um livro sequer à vista. Roupas desbotadas. Um Sagrado Coração de Jesus na parede, também desbotado. O menino descalço. Houve um momento em que a tristeza das coisas foi maior do que a dor das pessoas."

"Puxa, doutor, até parece que o senhor nunca entrou em casa de pobre."

"Já entrei sim. Mas meus olhos nem sempre sabem ver."

"Tem vezes que o senhor fica muito difícil de entender", disse Washington bocejando, cansado.

Vilela levantou a mão e tocou de leve, carinhosamente, no ombro de Washington. Depois sorriu, com a boca fechada, um sorriso curto, que se desfez lentamente.

Brilho renovado
Sérgio Augusto

Esta segunda coletânea de contos de Rubem Fonseca, também editada, como *Os prisioneiros*, pela modesta GRD, chegou às livrarias na virada de 1965 para 1966, cercada de enorme expectativa. Conseguiria a maior revelação literária de 1963 vencer a sempre difícil prova do segundo livro? Rubem Fonseca não só venceu — brilhantemente, na opinião do crítico Wilson Martins — como, aos olhos de vários leitores, alguns dos quais apresentados ao autor através de *A coleira do cão*, logrou superar-se.

O lançamento de *A coleira do cão* foi badalado até na mais improvável vitrine literária da época, a coluna social de Ibrahim Sued, no jornal *Diário de Notícias*, o que muito deve ter contribuído para ampliar o círculo de leitores de Rubem Fonseca, em pouco tempo inquilino da lista dos best-sellers, então bem mais diversificada e qualificada que as de hoje. Entre os escritores mais vendidos

RUBEM FONSECA E O CONTO BRASILEIRO

Assis BRASIL

Para falarmos de um dos melhores contistas brasileiros, de modo objetivo, é preciso que se fale, também, rapidamente, da situação do conto hoje no país. Como atual? Que limites pressupõem para tal? E o conto que existe hoje, no Brasil, é novo em relação ao passado?

Estamos numa fase — após a chamada "geração de 45" — melo-olhar à especulação e à expectativa, com uma enxurrada de novos escritores, alguns procurando caminhos novos, outros repisando as mesmas trilhas. Para que possamos ter um dado concreto, nesses últimos dez anos, em relação ao que se faz na literatura brasileira, principalmente em relação ao conto, é que "instituímos" o ano de 1956 como o marco do novo em nossa historiografia literária.

O ano de 1956 teria três pontos básicos para a sustentação do que acabamos de anunciar. Três pontos básicos — e o que é mais importante — três pontos básicos de natureza genuinamente estética:

1 — O surgimento da Poesia Concreta; 2 — O aparecimento dos romances, *Dormenunde*, de Geraldo Ferraz, e *Grande Sertão: Veredas*, de João Guimarães Rosa; e 3 — A estréia de Samuel Rawet com o livro *Contos do Imigrante*.

Samuel Rawet seria, aqui, o deflagrador e uma espécie de pioneiro das novas conquistas e pesquisas do conto brasileiro. Quando Samuel Rawet lançou seu livro de contos em 1956, a crítica andou meio desavorida em relação a êle, como já andara em relação ao *Grande Sertão: Veredas*, de João Guimarães Rosa. E que a crítica não viu, nos *Contos do Imigrante*, as conquistas inaugurais do fazer tradicional, que havia caracterizado o gênero até então no país.

Samuel Rawet quebrara a tradição machadiana entre nós — embora Machado de Assis tenha seu tempo "moderno" a seu favor; foi o inventor do conto de flagrante, que em escritor russo, Anton Tchecov, explorara posteriormente no escritor brasileiro. Êste é um dos atuantes erros da história literária, que consagrou Tchecov como o criador do conto moderno. Talvez pelo fato de sua influência ter tido notoriedade na Europa, primeiramente difundido na França e divulgado em todo o mundo. Mas êste é outro assunto.

Assim, à quebra da estrutura do conto tradicional, histórica de começo, meio e fim, estréia certinho, personagens bem delineados — a nova revelação se daria de maneira mais radical

por Samuel Rawet. Seus livros posteriores, *Diálogo* (1963) e *Os Sete Sonhos* (1967), são a afirmação de um processo criador, sobretudo na última, o seu domínio mais artístico da linguagem. Estranho notar que, simultaneamente com Rawet e imediatamente após a sua estréia, o aparece entre nós como que foi invadido por uma verdadeira "onda" de bons contistas, todos, como atendendo a uma parte secreta, explorando a narrativa curta sob novos ângulos, novos ângulos e repudiando em massa o tradicional.

Dalton Trevisan só estreou mesmo para valer em 1958, com *Novelas Nada Exemplares*, seguindo-se José J. Veiga, José Louzeiro, Jorge Medauar, Rubem Fonseca, José Edson Gomes, Mauro Lopes Cançado e Luiz Vilela. Outro fator que, no além daquele de repudiarem as formas gastas, é o abandono da visão realista na literatura, por uma pesquisa no reino do subjetivo, do maravilhoso e, às vezes, do fantástico, como é o caso de José Edson Gomes e em parte Rubem Fonseca.

Rubem Fonseca ganhou, nesta 1960, o grande prêmio de contos instituído pelo govêrno do Paraná. É hoje um concurso de renome nacional, e soube o jovem escritor teve a primeira oportunidade de uma projeção mais decidida. Autor de dois livros de contos, *Os Prisioneiros* (1963) e *A Coleira do Cão* (1965), chegou a atenção da crítica mais atenta e tem, até hoje, a reduzido número de leitores, uma vez que a edição de seus livros foi pequena, para pôr-se ao alcance e a própria receptividade dos terríveis livreiros dêste país.

Em *Os Prisioneiros*, Rubem Fonseca se revelava um novo contador de histórias, dentro de nossos padrões de poucas experiências mais ousadas. Ele sabe por uma concepção do mundo muito particular, criadora, tirando do linho alguns personagens que até então não haviam sido bem registrados na galeria de brasileira: os halterofilistas, os noivagens, os vagabundos, os contrabandistas, as nelhomaníacas etc. Também reforçava, nos jovens literatos de ficção, o aproveitamento dos localismos, das gírias, do coloquial, dando à sua linguagem aquêle tom brasileiro inesbutível.

Senhor da narrativa, domínio absoluto do tema e do seu desenvolvimento, Rubem Fonseca conseguia mais uma vez espantar a crítica: a sua versatilidade para assuntos os mais extensos, partindo do algo fantástico dos amores de uma condessa, ao realismo brutal de uma autópsia de

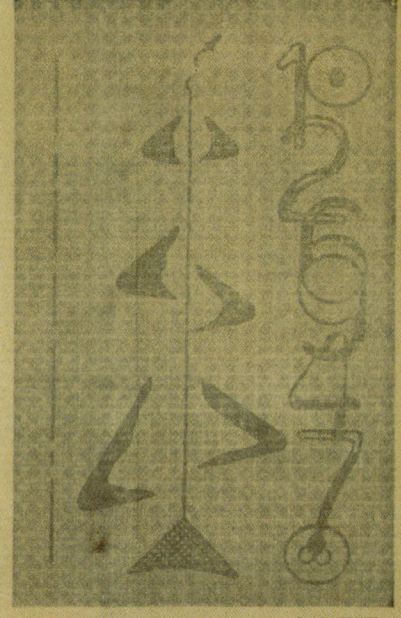

corpo de uma mulher, na presença de seus amantes.

Outro domínio de Rubem Fonseca: o diálogo. O diálogo, no conto é bem mais difícil do que no romance, por exemplo. O diálogo no conto tem uma função estrita do espaço, e êle tem que ser uma síntese, que é a própria conto. Rubem Fonseca domina-o de várias maneiras. Claro que tem predileção por um tipo de diálogo usado muito pelos escritores norte-americanos. As falas vêm entre aspas, com a interferência, às vêzes adivinha, do autor. Exemplo:

"Que vovo! Isso não", disse o homem da mesa, com certo pessimismo.

"O recenseamento nos dará a resposta de tudo", disse o outro.

"Mas eu não quero saber de mais nada", disse o homem etc.

Às vêzes também nos diálogos, Rubem Fonseca usa a nomenclatura teatral, com o nome dos personagens antes das falas. Este processo nos parece um tanto artificial. Mas outro tipo de diálogo que o autor usa muito bem, e o que nos parece mais apropriado para o conto moderno, é o diálogo interno, sem aspas ou travessão. Exemplo:

"Boa noite, disse êu, Conde Bernstedt, disse êle, estenden-

do-a mão. Depois de me olhar um pouco êle deu um sorriso que não era para mim, que era para êle mesmo; com ligeireza, disse êle, Buch me transforma num egoísta, e me virou as costas e sentou-se numa poltrona, e a cabeça apoiada na mão."

Rubem Fonseca detém ainda o segrêdo de terminar um conto, o dado técnico mais complicado da história curta. Claro que um conto, por uma síntese, um de flagrante de uma situação, que dramática ou psicológica, não deve terminar como termina, por exemplo, uma novela de vida, com todos os "problemas" do enrêdo solucionados. O final de um conto deve ser um final, mas ao mesmo tempo tem que "fechar" o conto, a narrativa mesmo pagar dado. O trabalho de Rubem Fonseca, *Dezembro e Vinte e Cinco Gramas*, é um bom exemplo. Um homem assiste à autópsia do corpo de uma mulher; presume-se que é sua ex-amante. Ele assiste àquele revolver de vísceras horrorizado. Ninguém sabe nada dêle menos dêla — assim se forma um "clima" dramático entre o que aquêle corpo teria sido e a que estava reduzido agora. No final — que é um "fim em suspenso", próprio do conto de flagrante — o homem retira cabisbaixo e um

dêles solta um palavrão. A narrativa está terminada, o "flagrante" está realizado. Num romance, por exemplo, teríamos ainda uma reconstituição do passado da mulher.

O segundo livro de Rubem Fonseca, *A Coleira do Cão* (1965), em sua repetição — podemos dizer — de suas amplas qualidades de ficcionista, mas com um saldo negativo. Nos trabalhos mais curtos repetia a sua fórmula, com todos os ingredientes; nos trabalhos mais longos, pela primeira vez explorados pelo autor, êle se perfila num arsenal de incidentes, de repetições, que terminam por não levar a nada, como é o caso de *O Relatório de Carlos*. Estes trabalhos mais longos talvez levem Rubem Fonseca ao romance, que naturalmente terá um outro refinamento.

Como já afirmamos, Rubem Fonseca é, com *Os Prisioneiros* e presente em *A Coleira do Cão*, mas o seu primeiro livro continua a ser o melhor, mais equilibrado, mais coerente. Só temos que aguardar, no entanto, a expectativa, nesses livros de autor, para que possamos realmente medir o seu fôlego. Ficará nos contos, com o perigo da repetição, ou sairá para novas pesquisas e conquistas?

Joaquim BRANCO

Em seu artigo no *Suplemento Literário Minas Gerais*, de fevereiro de 1967, Assis Brasil reconhece em Rubem Fonseca "um dos melhores contistas brasileiros" e pergunta se o autor continuará nos contos ou se "sairá para novas pesquisas e conquistas".

no país, em abril de 1966, fazendo bonito à sombra dos *habitués* Arthur Hailey e Morris West, havia até o James Joyce de *Ulisses* (na pioneira tradução de Antonio Houaiss), acompanhado de Carlos Heitor Cony (*Balé branco*), Mário Palmério (*Chapadão do bugre*), Erico Verissimo (*O senhor embaixador*), Ernest Hemingway (*O sol também se levanta*), James Baldwin (*Numa terra estranha*) e John Le Carré (*O espião que veio do frio*). Já se leu mais e melhor no Brasil.

Um halterofilista que atinge uma espécie de êxtase religioso ouvindo música na porta de uma loja de discos; um pesquisador do Ibope que extrai notas musicais de rodas sibilantes e conquista uma mulher casada que não tem coragem de conhecer pessoalmente; um adúltero "punido" por um fraternal Iago; um professor de medicina legal que deixa uma aluna "com a sensação de quem rasteja por um túnel negro apertado de ar rarefeito"; um adolescente às vésperas de conhecer "o ruim do mundo"; um delegado de polícia que odeia violência e adora a poesia de Drummond. Servindo de moldura a seu eclético elenco de

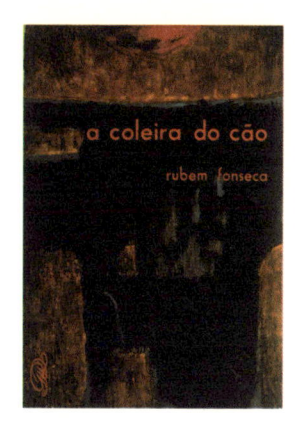

De cima para baixo, capas das edições de 1965 (GRD), 1969 (Olivé Editor) e 1979 (Codecri).

desajustados urbanos, um Rio de Janeiro violento, sensualista, socialmente injusto, mas ainda sem favelas dominadas pelo tráfico de drogas — só por bicheiros que no máximo se protegiam com uma pistola 45mm.

"A força humana", conto que abre a coletânea, é uma continuação de "Fevereiro ou março", o primeiro de *Os prisioneiros*, detalhe que passou despercebido pela crítica. Narrado na primeira pessoa e com uma estrutura circular, talvez tenha sido o que mais entusiasmo despertou na época ("Não é apenas um dos melhores contos brasileiros até hoje escritos; é, também, um dos melhores contos da literatura universal", ressaltou Wilson Martins, em *O Estado de S. Paulo*), seguido pelo carioquíssimo "Madona" (escrito, segundo Martins, "com fidelidade psicológica e linguística quase inconcebível, cheio de achados felizes, extravasante de imaginação e malícia") e "A coleira do cão", implacável crônica do submundo policial plena de violência e lirismo — ou de "barbárie e humanidade", para usar a dicotomia detectada por Boris Schnaiderman em quase todos os contos deste volume.

Um dos primeiros a saudar *A coleira do cão*, o ensaísta, historiador e futuro acadêmico Francisco de Assis Barbosa esticou seu metro ao máximo: "Trata-se da mais notável obra literária brasileira desde Guimarães Rosa." Suas palavras ecoaram por toda a imprensa do Rio e de São Paulo, sem que ninguém as contestasse. Na revista *Leitura*, o escritor José Edson Gomes destacou o respeito de Rubem Fonseca à virtualidade da narrativa curta (jamais um exercício para o romance), enaltecendo com outras palavras o que Fábio Lucas, no *Jornal de Letras*, qualificou de "prosa translúcida", dotada de "impressionantes recursos de linguagem".

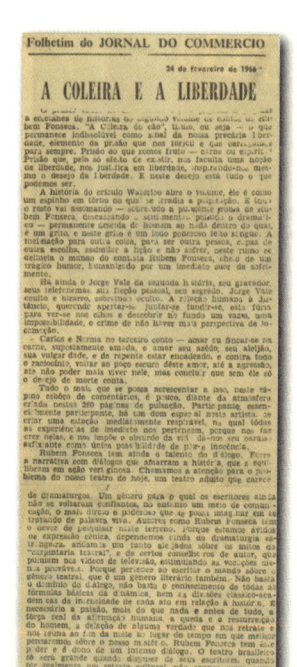

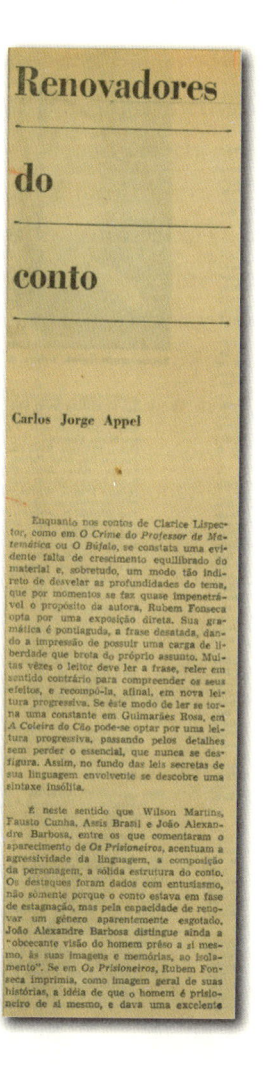

Matérias publicadas no "Folhetim" do *Jornal do Commercio*, em 1966 (ao lado), no *Correio da Manhã*, em 1968 (acima) e no *Estado de Minas*, em 1967 (acima, no canto esquerdo).

Pelo menos dois críticos, Hélio Pólvora e Danilo Gomes, preferiram comparar Rubem Fonseca ao J. D. Salinger de *O apanhador no campo de centeio*, vale dizer ao coloquialismo e ao processo narrativo ágil e espontâneo do criador de Holden Caulfield, desconsiderando as demais influências (Kafka, Sartre e o espanhol José Camilo Cela) apontadas por outros resenhistas. Pólvora acrescentou mais dois parentescos americanos, com Saul Bellow e a Mary McCarthy de *O grupo*, e não escondeu sua satisfação de ver triunfar um novo ficcionista sem qualquer vínculo com Guy de Maupassant, Katherine Mansfield, William Saroyan e outros modelos ainda em alta nos anos 1960.

Embora pontuados por referências ao cinema (a Fellini, Bergman, aos atores Gérard Philipe, George Raft e Rock Hudson, ao filme *Bom dia, tristeza*), apenas dois contos desta coletânea possuíam de fato potencial cinematográfico: o que dá título

Capa do Círculo do Livro, de 1987, e edição argentina, publicada em 1986 por Ediciones de la Flor.

ao livro e "Relatório de Carlos". Este seria filmado por Flávio Tambellini em 1974, com o título de *Relatório de um homem casado* e roteiro assinado por Rubem Fonseca, e "A coleira do cão", adaptado para a TV (Globo) pelo cineasta Antônio Carlos Fontoura, em 2001, com Murilo Benício no papel do delegado Vilela e Lima Duarte encarnando o detetive Washington, sob a direção de Roberto Farias.

O autor

Contista, romancista, ensaísta, roteirista e "cineasta frustrado", Rubem Fonseca precisou publicar apenas dois ou três livros para ser consagrado como um dos mais originais prosadores brasileiros contemporâneos. Com suas narrativas velozes e sofisticadamente cosmopolitas, cheias de violência, erotismo, irreverência e construídas em estilo contido, elíptico, cinematográfico, reinventou entre nós uma literatura noir ao mesmo tempo clássica e pop, brutalista e sutil — a forma perfeita para quem escreve sobre "pessoas empilhadas na cidade enquanto os tecnocratas afiam o arame farpado".

Carioca desde os oito anos, Rubem Fonseca nasceu em Juiz de Fora, em 11 de maio de 1925. Leitor precoce porém atípico, não descobriu a literatura (ou apenas o prazer de ler) no *Sítio do Pica-Pau Amarelo*, como é ou era de praxe entre nós, mas devorando autores de romances de aventura e policiais de variada categoria: de Rafael Sabatini a Edgar Allan Poe, passando por Emilio Salgari, Michel Zevaco, Ponson du Terrail, Karl May, Julio Verne e Edgard Wallace. Era ainda adolescente quando se aproximou dos primeiros clássicos (Homero, Virgílio, Dante, Shakespeare, Cervantes) e dos primeiros modernos (Dostoiévski, Maupassant, Proust). Nunca deixou de ser um leitor voraz e ecumênico, sobretudo da literatura americana, sua mais visível influência.

Por pouco não fez de tudo na vida. Foi office boy, escriturário, nadador, revisor de jornal, comissário de polícia — até que se formou em Direito, virou professor da Escola Brasileira de Administração Pública da Fundação Getúlio Vargas e, por fim, executivo da Light do Rio de Janeiro. Escritor publicamente exposto, só no início dos anos 1960, quando as revistas *O Cruzeiro* e *Senhor* publicaram dois contos de sua autoria.

Em 1963, a primeira coletânea de contos, *Os prisioneiros*, foi imediatamente reconhecida pela crítica como a obra mais criativa da literatura brasileira em muitos anos; seguida, dois anos depois, de outra, *A coleira do cão*, a prova definitiva de que a ficção urbana encontrara seu mais audacioso e incisivo cronista. Com a terceira coletânea, *Lúcia McCartney*, tornou-se um best-seller e ganhou o maior prêmio para narrativas curtas do país.

Já era considerado o maior contista brasileiro quando, em 1973, publicou seu primeiro romance, *O caso Morel*, um dos mais vendidos daquele ano, depois traduzido para o francês e acolhido com entusiasmo pela crítica europeia. Sua carreira internacional estava apenas começando. Em 2003, ganhou o Prêmio Juan Rulfo e o Prêmio Camões, o mais importante da língua portuguesa. Com várias de suas histórias adaptadas ao cinema, ao teatro e à televisão, Rubem Fonseca já publicou 12 coletâneas de contos e 11 romances, sendo o último deles *O seminarista* (Agir, 2009).

Coordenação da edição
Sérgio Augusto

Revisão
Claudia Ajuz

Capa
Retina 78

Este livro foi impresso para a Nova Fronteira em 2019.